作者简介

王金安 男，汉族，1937年9月出生于赶水镇。1952年1月参加工作，1955年3月参军入伍。1983年转业到重庆綦南供电局工作，1994年退休。中华诗词学会会员、重庆市诗词学会常务理事、重庆市渝中区诗联书画院荣誉院长、綦江区诗词学会会长。诗词散见于《中华辞赋》《重庆诗词》等。

向太阳

王金安 著

青山有请常相对
白发无情更可亲
我亦平生耽此乐
传承国粹远红尘

花山文艺出版社
河北·石家庄

图书在版编目（ＣＩＰ）数据

向太阳 / 王金安著. -- 石家庄 ：花山文艺出版社，
2023.12
ISBN 978-7-5511-6989-9

Ⅰ．①向⋯ Ⅱ．①王⋯ Ⅲ．①诗集－中国－当代
Ⅳ．①I227

中国国家版本馆CIP数据核字(2023)第242995号

书　　名：**向太阳**
XIANG TAIYANG

著　　者：王金安

责任编辑：王李子
美术编辑：王爱芹
封面设计：燕　子
出版发行：花山文艺出版社（邮政编码：050061）
　　　　　　（河北省石家庄市友谊北大街330号）

销售热线：0311-88643299 / 96 / 17
印　　刷：成都市兴雅致印务有限责任公司
经　　销：新华书店
开　　本：880毫米×1230毫米　1/32
印　　张：8
字　　数：178千字
版　　次：2024年1月第1版
　　　　　　2024年1月第1次印刷
书　　号：ISBN 978-7-5511-6989-9
定　　价：88.00元

1957 年 8 月，王金安 20 岁时在部队留影

1973 年 10 月，王金安 36 岁时在部队留影

2021 年 12 月 6 月，王金安在赶水镇石房村留影

2014 年 5 月 24 日，王金安在战友聚会上讲话

2014 年 5 月 24 日，王金安（左四）在原贡山边防独立营建营 45 周年战友联谊会合影

2021年4月10日，綦江区诗词学会会长王金安在巴渝诗人到东溪采风欢迎仪式上讲话

2021年4月10日，重庆市诗词学会向王金安颁发重庆老诗人牌

2022年3月，王金安获2021年度感动綦江人物

2022年5月，王金安被认定为重庆市非物质文化遗产代表性项目綦江萝卜干制作技艺的代表性传承人

2021 年 5 月 15 日，王金安在东溪古镇陈列馆留影

2021 年 12 月 6 日，王金安在赶水镇石房村草蔸萝卜雕塑处留影

2018年9月2日，綦丰公司董事长王金安申报市级非物质文化遗产传承人，现场演示为萝卜干制作技艺配制调料

2021年6月25日，王金安向贫困户捐赠衣物

2020 年 12 月 28 日，东溪镇福林村村民为王金安送"结对帮扶显真情，助民脱贫奔小康"锦旗并合影

2021 年 12 月 30 日，王金安到帮扶的贫困户家中了解萝卜收获情况

2022 年 5 月 3 日，王金安游丁山湖神龟岛

2022 年 4 月 13 日，王金安与村民一起栽种辣椒苗时接受媒体采访

2022 年 4 月 12 日，王金安为东溪镇福林村种植大户、养殖大户捐款

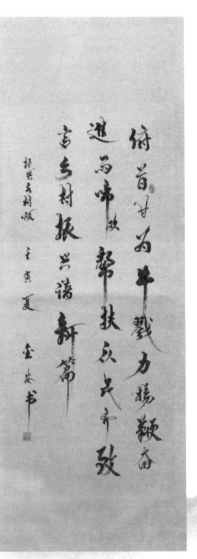

王金安 / 自撰自书　　　　王金安 / 自撰自书

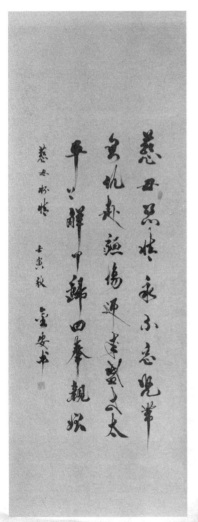

王金安 / 自撰自书

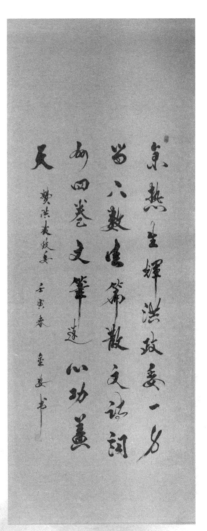

王金安 / 自撰自书

王金安 / 自撰自书

王金安 / 自撰自书

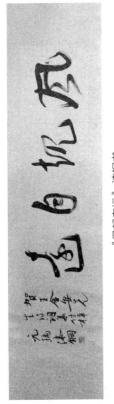

《风起自远》 漆钢书

漆钢，别名无璃，男，汉族，生于 1967 年，重庆江津人。现为中国书法家协会理事，中国书法家协会行专业委员会副主任，重庆市文联副主席，重庆市书法家协会主席，中华诗词学会会员，中国楹联学会会员，重庆师范大学书法艺术研究所客座教授。

夜静东方红白绿敌分三路袭板
角伏兵战士计谋跛鳖勇士三人捅敌
腹神不知来鬼不觉天降神兵戮鬼
哭激战多时敌驱逐视死如归鲲鹏
搏

壬寅秋王金安诗板角代斗雪域将军方慰三书

王金安 / 诗　方慰三 / 书

方慰三，号雪域将军。曾为重庆市诗词学会顾问、重庆印社
名誉社长、重庆市书法家协会会员、北京九州翰林书画院顾问等。

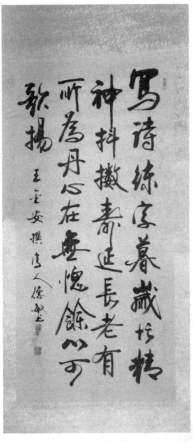

王金安 / 诗　莫德敏 / 书

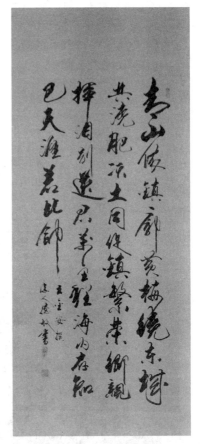

王金安 / 诗　莫德敏 / 书

莫德敏，男，贵州省剑河县人，为王金安之战友。任中国书法家协会会员、中国文人书法协会理事、昆明市老干部书画协会会员等。他的书法作品先后多次获奖。

雍抗，著名书法家，1943年出生在遵义一个颇有名望的书法世家。曾任遵义会议会址副馆长、遵义书画研究会副会长等。

王金安/诗　綦国义/书

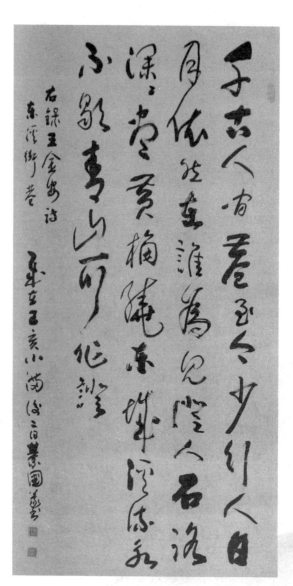

向太阳 XIANG TAYANG

王金安 / 诗　綦国义 / 书

序一

贺《向太阳》出版

刘泽安

綦江的庄稼，与全国的庄稼一样
需要阳光的照耀
水稻、土豆、辣椒
在綦江，更有特色的是赶水草蔸萝卜和大豆子
草蔸萝卜和豆子铸就了一个綦丰农业

旭日东升

豆子变成了豆腐乳　草苑萝卜变身
成了萝卜干、萝卜丝等
带动着家乡的老百姓一同致富
这个时候，豆子和草苑萝卜农产品的身后
一个向着太阳的老诗人走出綦江
他的诗句、他的綦丰农产品走向重庆
走向全国

诗人是老人，是一个退伍军人，但他的诗句不老
太阳出来喜洋洋，照着我们的庄稼
照着老人种下的一垄垄庄稼和一句句诗
向着太阳，向着天空之镜
发出老人对家乡和大自然的赞美
王金安，就是这个老人，就是这个老诗人
与家乡的庄稼一同拔节生长
一同向着太阳
与他的情怀他的善良一同照耀着这个世界

刘泽安，重庆市綦江区作家协会主席。出版有儿童诗集《风筝上的眼睛》《守望乡村的孩子》《成长的岁月》，曾获冰心儿童文学新作奖、重庆儿童文学奖等十多项奖项。

序二

军魂铸信念　人生写华章

洪　发

王金安，重庆市綦江区人，祖籍东溪镇，出生于赶水镇，1952年参加工作，1955年参加中国人民解放军原昆明军区孟连边防第九团，从军戍边二十八年，在地方工作十五年，有着四十三年的工作经历，是一位忠诚敬业的退伍不褪色的老干部，践行初心的老党员。

1994年退休后，他继续践行和发扬中国人民解放军艰苦奋斗的光荣传统，毅然回到家乡綦江赶水镇石房村，率领乡亲们脱贫致富奔小康。他创办了綦江县赶水红星农业科技发展中心，为乡亲们开辟致富道路。经过二十多年的艰苦拼搏，企业终于发展壮大，让万余名乡亲走上了脱贫致富的康庄大道。成功创业的他，不仅受到乡亲们的称赞，还获得了地方政府的多次嘉奖。他的办公室挂满了各种荣誉证书、奖状、奖牌，这就是社会对他创业的肯定。

我与王金安相识于20世纪50年代，是同一个战壕里的战友，在同一军营里并肩战斗几十年，只因转业后各奔东西而一时失去了联系。2010年，我为老九团建团六十周年做收集相关资料的准备工作时，专程到重庆綦江古南镇找到了他。在交谈中，得知他在百忙之中还写了二百余首诗词，我颇为惊叹。后来，我们战友之间的联系就更密切了，常在云南，重庆的綦江、东溪、赶水等地举办战友联谊会。2020年，他担任了綦江区诗词学会会长、重庆市诗词学会常务理事；2022年，他加入了中华诗词学会。我认真看了他的五百多首诗词，很有个性和特点，读起来通俗易懂、朗朗上口，主要表达自身的成长历程、世界观、人生观等，践行和发扬我军的光荣传统的成果，对人间世事的评价，对社会正能量的传播及积极因素的拓展、志向的选择与拼搏的决心等。所以，他的诗很有生命力。在他六十岁退休后写了一首名为《致远》的诗："业绩未成欲何知，痴痴愁白鬓边丝。今生无悔护疆土，解甲归田学赋诗。有限生命无限力，戎马从政到古稀。出生入死战沙场，笑傲江湖铸丹心。八十放眼还高处，从头迈步永无期。妙笔诗文传古训，夕阳金辉办业企。创业发展新天地，无私奉献岁归西。岁满暮年康健在，眼阔胸宽盖世兮。"这首诗充分表达了他想要再次创业的思想和信心。退休后，他放弃舒适的城市生活，毅然到家乡赶水，冒着风险创办了食品加工企业，带领家乡的父老乡亲们，脱贫致富奔小康，充分诠释了一个共产党员的初心。

王金安在戍边时，就酷爱诗的写作，但因战备执勤任务紧张、工作繁忙，无时间做系统的研习，直到转业后，才利用各种时机，构思、书写了六百多首诗。通过这些诗，充分表达了他最真实的情感与生活。他对诗的完美性、艺术性的探讨和研究，在实践中不断注入新鲜血液，反复修改，对每一个字的喻义反复推敲，精益求精。《向太阳》的诞生，是他几十年不辞辛劳与智慧的结晶，值此我表示最诚挚的祝贺。

是为序。

2023 年 2 月

军魂铸信念　人生写华章

目 录

第一辑　时代放歌

第二辑　山川览胜

第三辑　人生履痕

第四辑　旅途行吟

第五辑 生活感悟

第六辑　感事抒怀

第七辑　缅怀纪念

第八辑　咏物寄情

目录

第九辑　美食养生

先辈功绩垂千古，家道兴隆国运昌。

创举长征昂斗志，回归港澳向朝阳。

河清海晏人心暖，世盛花繁舞乐锵。

特色民生圆梦想，复兴道上写华章。

东溪古镇（万寿场）2021 11 04

向太阳

风正惠民

人生道路艰，奋进上峰尖。
跟党一心走，为民万事先。
弘扬伸正气，鼓励畅箴言。
百姓安居乐，村乡做好官。

1992年3月

汶川地震

山崩地裂震汶川，突降天灾举国怜。
众志成城助重建，人间大爱谱新篇。

2008年5月

颂电力工人

线路工人多自豪，千山万水踏荒郊。
架空银线付辛苦，只为光明上九霄。

2010年10月

雄 鹰 赞

铁鹰展翅彩云间，气宇轩昂巡九天。
千里征程一日返，职责笃守护河山。

2012年3月

鹏程万里

访石房村走金光大道

一

地肥水美沃田多，遍种萝卜播数坡。
奋进与时同携手，乡村富裕变金窝。

二

搬入新居华灯亮，广场宽阔众人歌。
兴农科技作支柱，绘出蓝图奋织梭。

三

萝卜节展壮奇观，人海如潮尽乐欢。
土味溢香农户笑，喇叭高唱绩扬喧。

四

图强奋发跟随党，农业应当科技先。
食足衣丰民富裕，千村万户齐并肩。

五

夜幕华灯照石房，大屏彩电挂中堂。
冰箱空调样样有，别墅豪华油路长。

六

乡村公路道平宽，下雨出门泥不粘。
屋后房前桃李艳，欢歌笑语乐翩跹。

七

兴修水利垒池塘，旱涝保收多产粮。
稻麦飘香仓粟满，牛羊肥壮售销忙。

八

石跳沟溪荡碧波，池塘鱼戏往来梭。
引来闹市垂钩客，对对白鹅舞羽娑。

2012年5月

再访石房村

一

日照霞飞袅绕烟，广场锣鼓笑声喧。
游人闲步观花景，垂钓鱼塘闲客欢。

二

果山林海望无边，致富脱贫弹指间。
飞落银锄勤奋斗，良田沃土变金山。

三

绿水青山天下秀，金银宝藏富流油。
田园诗意花开路，祖国繁荣喜上头。

四

藏龙卧虎赞桥乡，赶水名牌吃得香。
萝卜脆甜红腐乳，神仙闻讯口涎长。

五

石房变富人知晓，处处荒山变成宝。
太白回天禀玉皇，人间比我天堂好。

六

道路回旋百里坡，交通便捷忙运输。
农村面貌崭新换，经济流通实惠多。

七

石房历史远流长，巧匠能工技艺强。
古迹景观今尚见，保存利用展辉煌。

八

石房儿女自当强，斩棘披荆筑路忙。
辟岭修桥天堑跨，乡道硬化贯城乡。

2012年8月

郑和下西洋

一

郑和远航路道艰，千帆飞越大洋边。
路遥清鼓旌旗动，南域太平功绩添。

二

天朝使者远征程，七下西洋传友情。
来往通连心系远，和谐世界共谋生。

2012年9月

神舟五号

驻月嫦娥好冷清，神舟五号伴孤生。
中华儿女多荣耀，科技花开日日惊。

2012年11月

向太阳

传 捷 报

黄菊遍地可芬芳，万众拼搏更是强。
尽力齐心勤奋战，频传喜报自飞扬。

2016年4月

建军节吟

一

沧桑岁月数轮春，血染沙场常胜军。
历尽艰辛跟党走，担当责任系于身。

二

累累伤痛何须怨，胸有一颗赤胆心。
壮志为民问无愧，扶贫梓里惠乡亲。

2017年8月

精准扶贫

当今政策闪金光，奋进民心迈小康。
尽力扶贫援困户，旧颜新貌靓村庄。

2018年2月

乡村振兴颂

俯首甘为牛勠力，扬鞭奋进马蹄欢。
帮扶众民齐致富，乡村振兴谱新篇。

2022年7月

娃娃县令邓仁坤①

河神泛滥数千年，颗粒无收万亩田。
县令青春十五六，防洪韬略二一三。
智勇双全斗土豪，不费吹灰筹足钱。
万众团结齐奋战，金镛防洪庶黎安。

2011年2月

注释：

①邓仁坤：清道光五年（1825年），十五岁的"娃娃县令"邓仁坤，提出修建堤坝防洪，受到了老百姓的欢迎，却遭到了县里一些土豪绅士的反对，并且资金问题又成了筑堤的拦路虎。邓仁坤智斗土豪劣绅，通过惩罚的办法，号召大户捐款。不过，只筹到了一万五千两白银，资金还差一大半。邓仁坤又想了一个办法，邀请全县富豪开会，要求集资筑堤。富豪说，捐资可以，一句话，我们每人捐一百两，县大老爷得捐一千两。县大老爷当场就捐了五万两银票，土豪们无奈地兑现了自己的承诺。有了钱，通过全县人民的共同努力，在夏季洪水到来之前，大坝横卧在河边挡住了咆哮而来的洪水。慕河堤坝做好后，邓仁坤拒绝了老百姓提出的堤坝名"邓公堤"，他说还是"金镛堤"好，即金城汤池，寓意固若金汤。

为国争光

同壕战友未能忘，聚会丽江禾熟黄。

勇士精神当勒石，英模勋绩已流芳。

关怀时事存高远，欲效贤才谱雅章。

耄耋经商兴企业，齐心再为国争光。

2012年3月

祖国繁荣

腾飞岁月祖国昌，亿众倾心向太阳。

经济复兴民富裕，神州盛世水流长。

科研进步圆一梦，航母巡逻震四方。

万里河山今更美，千条路径创辉煌。

2018年7月

电力工人多自豪

条条银线架綦江，城镇山乡尽亮光。

自古偏村曾落后，而今农户要争当。

繁华城市清风拂，壮丽山河美艳妆。

华夏农耕千载史，小康全面盛名扬。

2018年9月

美丽乡村

古镇逢时呈异彩，振兴创业几春秋。

辛勤汗水生金果，丰沃桑田入廪收。

桃李芳菲萦故里，山川气象绘神州。

风调雨顺万家乐，岁月和谐不再忧。

2021年10月

梦江南·奔小康

一

驰大道，政策惠民彰。滚滚车轮描美卷，风和乡里如诗章。雄富利东方。

二

康庄好，情重路尤长。造富为民心更暖，物流通畅满城乡。图画绘三江。

2017年5月

渔家傲·千秋大业

大业千秋民所建，改革潮浪风驰电。正道人间情未变，金光灿。风光大地红旗艳。

眼底神州心更暖，山河万里风光展。昌盛家国多才干，齐奋战。民族兴旺宏图现。

2018年2月

观景欣心愿远驰，山川览胜正当时。

清心静卧陪荒野，默看长天写小诗。

飞鹊腾空应入画，游鸭戏水好填词。

放歌一曲迎新日，诵赋吟章唱楚辞。

水　乡①

水乡如画，山色空蒙。
清江碧绿，银桥彩虹。
花香蝶艳，柳绿桃红。
香山顶上，览望芙蓉。
景美醉客，锦绣华浓。

2019年4月

注释：

①水乡：指綦江区赶水镇，镇境内有綦江河、藻渡河、双溪河等纵横交错，水网密布。

石　房　子①

石房石料砌，稽古数百年。
孝子依由建，浮沉不复还。

1998年3月

注释：

①石房子：位于綦江区赶水镇石房村，修建于清乾隆三十三年至四十八年，前后历时十五年之久。建造工程浩大，规模

宏伟，在重庆南部，实属当地独一无二的建筑。现因年久失修，有一部分已塌毁，但许多石雕仍保存完好。

黄葛映清波

季春桃李笑，蝴蝶喜穿梭。
百鸟林中唱，葛枝融碧波。

2005 年 3 月

小　径

幽幽一小径，爷庙①隐其间。
渔叟抛香饵，游人两岸观。

2006 年 4 月

注释：
①爷庙：指綦江区东溪古镇太平桥景区的王爷庙。

古镇晨韵

隐约四围山，瀑飞连着天。
观音居古寺，龟石卧江边。

2007年6月

古镇飞瀑

太 平 寨

好个平安渡，宝石开笑颜。
环山公路绕，碧水半牙圆。

2008 年 5 月

太平寨雪景

游鸡公嘴

公鸡昂首鸣，数里可闻声。
壁下幽幽径，可将峰顶登。

2008年6月

缥缈鸡公嘴

金 山 寺

一

拜佛金山寺，林中隐翠峰。
香炉飘紫雾，瀑布响叮咚。

二

古木无人处，湖中一小舟。
安禅朝佛坐，心里绝尘忧。

2008年6月

丁山金山寺

丁山湖秋景

碧水浪涟漪，林中晓雾升。
秋风香阵起，钟鼓响声鸣。

2008年7月

东溪四三对

三桥相对应，三岭互难连。
三瀑各奇异，三宫难保全。

2009年5月

綦江夜景

傍晚登高处，苍茫夜色中。
灯光烟火景，疑似玉皇宫。

2016年7月

綦江夜景

水 月 街^①

昔时水月街，幺妹步花鞋。
甜嘴人皆爱，八方贵客偕。

2016年8月

注释：

①水月街：指綦江赶水镇谢家街，旧时行客路过歇脚、喝茶、休闲的地方。

东溪王爷庙

一桥架北南，爷庙落山前。
交界汇合处，僧斋祷顺安。

2017年4月

东溪王爷庙

入 长 林

晨曦入茂林，悦耳画眉音。
观鸟添情趣，惜花早报春。

2019 年 1 月

文明乡村

文明走进村，百姓沐宏恩。
五岭银锄落，脱贫大道奔。

2019 年 6 月

福林新貌

福林山水秀，鹅颈向天歌。
筑起山沟坝，天灾可奈何？

2019 年 7 月

游 宫 记

两宫相接处，旁坐有儒家。
香阁燃红烛，柳绦飞翠丫。
甘泉滋古道，瀑布挂天涯。
黄葛枝头果，远宾青眼加。

2004年8月

东溪南华宫

石 巷① 行

千古街头巷，寥无商旅行。

迹痕依旧在，传说道曾经。

石路深深处，黄葛茂茂萦。

水流长不断，苔藓色犹青。

2005年3月

注释：

①石巷：綦江东溪古镇朝阳街、书院街是由青石板铺就的老街巷，古朴清幽。

东溪古道

崎岖山路窄，陡峭特难行。

施主稀来奉，高僧常念经。

佛光辉殿宇，耳际袅禅声。

顶到龙华寺，焚香祷告灵。

2006年11月

东溪黄葛掩映的古道

东溪古韵

星月照东城，墩山观晚亭。
黄葛溪岸茂，白练壁边生。
綦水风光秀，画乡物色惊。
旗飘游客至，远近美食名。

2009 年 8 月

东溪万寿场牌坊

丁山湖景观

喜见丁湖景，沧波郁郁葱。
千峰楠竹翠，万箭射苍穹。
浩瀚幽深处，清泉流向东。
涟漪随岸势，星月照长空。

2008年5月

丁山湖景观

丁山湖冬吟

白雪覆山峰，丁湖碧水清。
天寒空有雾，夜暮早来风。
空叹无游客，独留有钓翁。
年年均故此，何必问君情。

2009年10月

丁山湖冬景

游四面山^①

景美四面山，晨雾满前川。

茫茫浩林海，借问哪是边。

涉入林深处，疑似两重天。

举步盘陀路，涧下曲溪弯。

潭水深莫测，峡悬壮奇观。

奇峰千百异，花香万仞山。

蝉鹂歌丽日，蜂蝶舞花间。

野原灵隐寺，香客往来欢。

客栈人常满，久居寿禄添。

不逊瑶池地，桂酒醉桃仙。

好客张果老，仙姑笑颜开。

喜庆民富乐，和顺九州安。

2005年5月

注释：

①四面山：重庆江津著名风景区，主要有望乡台、土地岩、龙潭湖、珍珠湖等核心景区。"三叠""三奇"交相辉映，形成了独具特色的自然景观。

觉 醒

千年雄镇①久，觉醒日正红。

萋草春来早，时时美景同。

胜日寻芳地，无边紫映红。

蜂蝶飞舞戏，莺啭传竹丛。

田园赏橘柚，柳绿杏桃红。

楼殿金雕灿，宾食获显荣。

峰回蜿转阔，万亩辣椒红。

美景惹人醉，游人乐无穷。

2007年4月

注释：

①千年雄镇：指綦江东溪古镇，原名万寿场。2005年，东溪命名为重庆历史文化名镇。

石壕红军墓感怀

驱车石壕程，未到泪先倾。

瞻仰红军绩，哀思寄吊情。

赤旗留夙志，脚步续前行。

重走长征路，同心咏太平。

2013年6月

石壕红军烈士墓塑像

35

参观綦江烈士陵园

烈士丰碑数丈高，英雄洒血把头抛。
赢来胜利黎群享，华夏五星旗永飘。

1992年4月

桥乡行吟

阳春三月下桥乡，水秀山青好景光。
石料钢材连两岸，坦途车辆过綦江。

1997年6月

登 瀛 山

潺潺碧水白云绕，沃壤梯田月亮弯。
巧匠凿开千载路，方能意满上瀛山。

1997年8月

老瀛山风光

邑 镇

春来邑镇万花香，细雨蒙蒙少感光。
杨柳多姿山水秀，繁荣科技举国昌。

1997年10月

瀛山叠翠

叠翠瀛山景万般，闻名远客竞相攀。
银湖潋滟清泉淌，千丈悬崖连九天。

1998年7月

瀛山叠翠

瀛山^①仙境

让人惊叹自然美，犹似蓬莱岛谪仙。
迎客青松枝叶茂，千年庙宇未徂迁。

1998年8月

注释：

①瀛山：指老瀛山，位于綦江城区东郊，距离綦江城区约
十公里，是省（市）级森林自然保护区，分属綦江区石角镇、
永城镇和三角镇管辖。景点主要有白云观、红岩坪、天神庙和
芙蓉书院等。奇峰突兀，怪石峥嵘，悬崖千丈，寒谷幽深，山
花灿烂，银湖泛波，清泉潺潺，雾起山间。山上山下梯田层层
叠叠，春可赏花，夏可纳凉，秋可赏景，冬可看雪。一年四季，
景色美不胜收，还能在山顶看数米大的鹅卵石，真是造化神秀，
奇山佳景。

奇峰意境

断壁盘峰百道泉，弯梯阡陌树参天。
恐龙足迹依稀见，似卵奇岩犹美观。

1998年8月

白云观赞

白云观险距峰巅，红色丹霞万仞山。
水碧峰高风景秀，云烟弥漫洞中天。

1998年8月

白云观景观

水 乡 情

水乡两岸百花香，数座虹桥接四方。
逐浪推波中国梦，人民富裕共安康。

2002年3月

悼念石壕红军烈士

壮士英灵邀宇穹，当年豪气九霄冲。
金戈铁马歼强寇，立下千秋不朽功。

2003年6月

石壕红军桥

碧 波 亭

两岸飞桥百鸟鸣，观音禅坐碧波亭。
金龟常卧龙宫上，醉赏千秋瀑布行。

2004年3月

东溪观音阁碧波亭

游蝴蝶泉

锦绣蝴蝶古韵泉，双双对对有情缘。
翩翩起舞连成串，此景如仙在眼前。

2004 年 5 月

通 惠 河

惠河边岸路犹斜，漫步休闲意未歇。
朵朵白云风扫去，老翁垂钓解心结。

2004 年 10 月

第二辑 山川览胜

丁山湖花果岛

群峰环抱金山寺，碧水蓝天风浪平。
远客登临花果岛，蝶蜂起舞笑相迎。

2007年8月

丁山湖花果岛

乘船游丁山湖

小女①乘船素淡妆，青春眉秀玉含香。
低头含笑容颜美，丽质天生艳暗芳。

2008年5月

注释：
①小女：指穿着素装的少女。

灵山圣地古剑山

雅称古剑乃名山，恍若置身云雾间。
多少豪侠寻圣地，但求积善效神仙。

2008年6月

古剑山净音寺雪景

丁山湖夏景

叠叠波涛倒映天，双双仙鹤息林边。
渔歌一曲游人赏，献簇鲜花我埋单。

2008年7月

东丁河景观

东丁河上小溪多，百尺飞流浪打波。
石笋雄姿冲置立，船头游客唱情歌。

2012年6月

东丁河上的小桥流水人家

东溪古镇

古檐雕琢壮奇观，黔境南通直入滇。

远客亲临观美景，财源广进百余千。

2013年4月

东溪古镇荣誉牌

千年古镇

一

千年古镇焕容光，幢幢新楼气势昌。
满街灯笼有序挂，万民耕耘自有方。

二

古镇千年引为骄，琼楼玉宇细精雕。
农家美食街前卖，万亩花生红辣椒。

2014年2月

东溪古镇

48

游通惠花博园

四季分明綦水天，群花灿放竞争妍。
兰花蝴蝶堪奇绝，丽质天生胜美仙。

2014年5月

横山避暑

巍峙横山小径多，飞禽走兽喜穿梭。
引来域外游山客，避暑休闲益处多。

2014年8月

横山天台牌坊

城乡新貌

开发古镇焕容光，路可通衢事业昌。

林立店铺商贸盛，腾飞经济富先康。

2016年3月

丹 溪 行

丹溪新貌尽妖娆，嫩柳随风舞细腰。
创业功成颂盛世，繁花万树喜多娇。

2017年3月

庙坝子、万寿宫

龙潭坝咏

龙潭河畔柳绦轻，峡壑幽深闻浪声。
绿树荫浓花似锦，修身养性享康宁。

2017年6月

高庙避暑

隐林高庙小洋楼，夏日乘凉可去愁。
戴月歌行携伴侣，挺身登岭寿长留。

2017年7月

观 三 江

黔渝古道远流长，碧透清泉绿草芳。
欲动渔舟风起荡，山花灿烂遍三江。

2018年2月

赏綦河

綦河两岸树方苏，吐艳红梅自丽株。
布谷黄莺枝上叫，开春小雨润如酥。

2018年3月

丁 山 湖

丁湖秋月浪潮生，荡漾清波橹响腾。
白鹭倾巢出早起，南山尽赏子规声。

2018年4月

东溪丁山湖

山色风光

杜鹃花灿感香浓，绿树白云眼目中。
细水流年溪畔度，黄昏月影到江东。

2018年5月

古剑山月亮湖

形如宝剑乃名山，觉海云梯袅绕巅。
月亮湖边参古刹，慈悲仗义寿福添。

2018年6月

古剑山月亮湖

横山天下秀

横山矗立碧霄处，明月清泉伴万松。
仙谷峰岚藏别墅，炊烟袅绕见田农。

2018年7月

綦江横山花仙谷入口

观孤山①日出

秋月湖光望月楼，轻舟橹棹水声流。
平湖远景千般秀，伫立孤山看日头。

2018年7月

注释：
①孤山：云南玉溪市抚仙湖孤山。

古 剑 山

鸡公嘴险自成峰，静寺佛音①拜客拥。
百步天梯石栈道，悬崖峭壁立青松。

2018年10月

注释：
①静寺佛音：古剑山上下两座寺庙为静音寺。

向太阳

东溪河春景

东溪河畔草青青，光景无边更动情。
万朵红花迎旭日，暖风吹过倍轻盈。

2019年5月

游　山

伴君闲步入长林，树密山高鸟聚群。
遍野香兰人欲醉，牛羊眺望竟如云。

2019年8月

游　三　江①

条条小溪汇三江，汹涌波涛入海洋。
闪闪银光湖景美，万家灯火庆吉祥。

2019年9月

注释：

①三江：綦江赶水旧时有夷溪、夜郎溪、僰溪，现有坡渡河、松坎河、双溪河。

农村新貌

农村新貌艳阳天，筑路修塘把瓦添。
林海果山观不尽，九州同庆举国欢。

2019年10月

平湖①景观

群山搂抱小溪河，日照风微浪涌波。
夜暮金龟沙里睡，蝴蝶盛会伴情歌。

2020年7月

注释：

①平湖：即位于綦江区丁山镇的丁山湖，湖水清澈，环湖树木葱茏。

汉 江 行

重阳时日下渝州，千里乘船赴楚秋。

神女巫山迎客往，莫愁湖上逛闲悠。

九江美酒香十里，胜景庐山天下幽。

宽阔洞庭观月影，足滩河畔阅江州。

1992年10月

江 河 庙^①

绿树枝繁倒影奇，江河庙外赏涟漪。

七十四级台阶上，曲径古道^②人往稀。

蝴蝶伴风花枝舞，青龙泉^③水味美滋。

鸟鸣枝头歌丽日，素娥携老步天梯。

2005年3月

注释：

①江河庙：位于綦江东溪镇小金银洞瀑布左前方，最早是供奉河神的地方。

②古道：指东溪保存较为完好的盐马古道。

③青龙泉：指江河庙附近的四方水井。

桥 乡^① 行

银桥数座连天接，岳庙钟鸣客叩头。
杯酒千峰溪上戏，孤蓬万里画中游。
朱颜洗墨诗成集，素女抚琴望远楼。
秀丽三江红日照，太平盛世壮心酬。

2011年11月

注释：

①桥乡：指綦江赶水镇，境内有大小桥梁二百多座，故称
桥乡。

桥　　城^①

银桥^②座座通沧海，古刹^③森森鬼见愁。
崖壁清泉银箭落，江中春水碧波流。
铁牛滚滚奔千里，淑女微微露笑羞。
梅雪迎春红杏雨，佳人弄粉戏江楼。

2012年3月

注释：

①桥城：指綦江赶水镇，因桥多而闻名，为渝黔边贸重镇。

②银桥：指铁路、公路桥，昔日还有铁索桥，多座桥连接而通四面八方。

③古刹：指赶水镇东岳府。

游 洱 海

风微洱海荡悠悠，友伴晴川访古楼。
短桨篷舟欢笑语，平湖碧浪畅通游。
天公忍看难援手，风雨飘来苍山头。
顾盼船夫归去早，平安旅客美言留。

2014年8月

洱海景观

滇 南 行

绿野芳园寻趣行，滇南春旅孟连城。
昔日窜匪兴逐浪，男儿从戎仗剑横。
胆气豪壮沙场战，洒尽热血无泪痕。
万里征战天日久，迎来盛世太平春。

2014年9月

古镇①新貌

千年古镇特独昌，水秀山清美景装。
片片坡田多锦绣，层层稻谷泛馨香。
青松峻岭诗情意，伟业民心志气强。
小巷长街灯照亮，今朝喜看好农庄。

2019年3月

注释：
①古镇：指綦江区东溪古镇。

第二辑 山川览胜

向太阳

返第二故乡丽江

迢迢千里返南疆，战友重逢二故乡。
昔日戍边同患难，出生入死战沙场。
千言万语难言尽，欢庆今宵聚一场。
美味佳肴斟满酒，明天泪别各奔忙。
老兵不减当年志，余热发挥犹发光。
告慰英雄华夏美，初心牢记国民强。

2013年8月

丽江古城

东溪新貌

古镇旧貌变新颜，维修木楼遍长街。
场宽道阔视野好，黄葛绕镇成奇观。
呈现渝南商茂盛，夜幕华灯色添彩。
宾馆旅社人常满，一流服务顾客欢。
美酒欢歌鱼味纯，黑鸭香酥盘中餐。
水煮花生堪一绝，东溪腐乳食味添。
农户特产街前买，稻麦飘香竹笋鲜。
升平盛世老少乐，各族同歌锣鼓喧。

2009年8月

第三辑 人生履痕

从戎年少入军营，板角硝烟灭敌兵。

驰骋疆场杀顽敌，艰难困苦显忠诚。

军人勇闯山前路，赶水商标榜上名。

八十雄心犹未已，綦河大地享殊荣。

戍边卫国

从戎戍边，脚踏荒原。
毒虫满布，韧度冬寒。
烽火弥漫，转战连年。
血战顽敌，刀光胆寒。
豺狼杀尽，解甲归田。
长歌一曲，奋勇向前。

1997年7月

苦 行 舟

读书皆万卷，天地展胸襟。
迎浪行舟苦，吟诗韵味深。

1961年7月

为国建功

胆气少年郎，扛枪赴战场。
边关巡境线，歼敌把名扬。

1971年8月

英雄儿女

滇南多战事，战友守乾坤。
搏斗长城固，雄师赤子魂。

1998年8月

赤诚交友

风雨同舟渡，危难显赤诚。
相依肝胆照，荣辱共长生。

1998年12月

天 涯 别

战友天涯别，常思泪沾襟。
今逢言不尽，情义烙终身。

2007年4月

勤劳添寿

而今生活好，年岁古稀老。
勤事善思维，心宽健康保。

2010年9月

聚会添乐

春色暖融融，学生老梓童。
山花香灿烂，快乐更无穷。

2015年5月

友　　情

兴农宛若泉，苦乐共床眠。
更有离愁恨，天涯心系连。

2015年10月

学友年年聚会

林荫斜日照，聚会白头人。
虽是枯衰草，情真相见频。

2016年5月

八十寿辰

生日同欢庆，高朋座满宾。
邀杯畅豪饮，共祝寿长春。

2016年9月

从 头 越

男儿八十五，少小能文武。
崇尚志谋求，为民甘吃苦。

2021年2月

丹心辉日月

飞鹤泣南疆，崇林竞染戕。
军号吹戍角，身境卧沙场。
烈士英灵在，男儿义魄扬。
丹心辉日月，浩气永流长。

1984 年 7 月

战事捷报

高黎常积雪，耸峙路险壁。
崎岖蹒跚步，崖悬鸟飞绝。
将士冲霄汉，战酣南滇悦。
转战数万里，金鼓传报捷。

2001 年 4 月

千里梦相随

青梅伴竹马，暗恋难出唇。
九域军中远，千山梦里馨。
别离魂欲断，思念泪沾巾。
仙界昔娇在，天堂幸可亲。

2008年10月

驰骋疆场

一

勇士当兵赤子心，金戈铁马荡烟尘。
冲锋号响刀光闪，勇敢杀敌建大勋。

二

赶水儿男多壮志，铜墙铁壁护国门。
迎来盛世太平日，碧血丹青砺后人。

1969年3月

守 边 苦

黎贡山头大雪飘，幽深峡谷浪花高。
戍边砺志军魂铸，赤胆忠心引为骄。

1972年3月

奋勇杀敌

百战南征士气扬，硝烟亮剑好儿郎。
捐躯浩气英名在，只为中华世界强。

1979年11月

奋战沙场

一

弥漫硝烟战火艰，从戎无畏裹尸还。
当兵血刃飞捷报，只为人民灭寇顽。

二

耿耿丹心照寰宇，红旗猎猎浸硝烟。
英雄已上重霄九，功绩巍巍万代传。

1981年2月

退休创业

创业拼搏胜少年，市场寻找克艰难。
辛勤奋斗夯基业，产品行销展笑颜。

1998年1月

苦学成才

年老从头迈远程，雄心壮志自然兴。
勤学苦钻成才路，百岁仍当一粒星。

1999年6月

报国之志永不忘

一

当年苦战铸辉煌，奋勇当先舍命亡。

不少英雄抛热血，功勋业绩记心房。

二

乘风破浪存心志，百业繁荣国富强。

行善助人仙鹤寿，故乡建设再争光。

2000年9月

怀 情

竹马青梅情意长，内藏深意特匆忙。

卫国戍御数年久，无奈红妆暖卧床。

2003年5月

76

启航扬帆

启航扬帆壮志坚，品牌铸就谱新篇。
扶贫济困为民众，靓丽乡村把瓦添。

2004年6月

盐茶古道

诗人相会

诗人相会盛空前，古镇东溪笑满颜。
妙笔传媒惊世外，破读万卷有名言。

2005年6月

十年寒窗

诗书路上苦辛尝，十载寒窗有律章。
鬓白之年重抖擞，吟诗作对韵声扬。

2011年4月

和睦生辉

百鸟迎春山烂漫，翠屏山麓玉葱禾。
水清山笑人欢笑，家和人和邻里和。

2011年5月

吟诗会友

野鹤钻研韵律深，高歌吟唱觅知音。
蓦然回首数十载，满座同台论古今。

2011年6月

英朋相聚

葱茏榕树润根深，脚下乘凉利养身。
四海英朋茶相聚，盈盈笑语寿长春。

2011年8月

话 重 阳

一

重阳岁岁话平安，朵朵枝枝菊绽欢。
壮志青春能受苦，雄心白首善攻坚。

二

桑榆莫道凋零晚，花草也曾红满天。
读卷人生气自华，寄情春色赏山川。

2011年9月

时练书法

一张桌子四角方，宣纸羊毫渗墨香。
聚气凝心常练字，日积月累写诗章。

2012年8月

战友情深

一

战友真诚来相聚，行程不一到时迎。
千言万语难言尽，血沃沙场生死情。

二

热血满腔贤老兵，戍边为国筑长城。
扶贫脱困多捐献，赤胆忠心跟党行。

2012年9月

风　范

王者风范终有成，金言玉口贯生平。
安泰吉祥家和顺，立德修身为万民。

2013年6月

独　当　先

疆场战斗勇当先，捍卫和平意志坚。
浩荡军威丧敌胆，国防强大庶民安。

2014年3月

守　边　关

一

边塞烽火连无尽，撩乱军情苦与欢。
赤胆忠心朝北斗，青春逝去竟无还。

二

一轮秋月树梢照，百战黄沙死帐前。
歼灭顽敌功绩建，红旗风展凯歌还。

2014 年 9 月

为国献青春

一

细雨迎春三月兵，守边卫士尽群英。
兀秃荒野扎营地，夜冷难眠数远星。

二

寂寞凄凉谁问事，壕头残月伴孤身。
英雄挥剑斩顽寇，赤胆忠心守国门。

2014 年 10 月

相 思 苦

解甲归田返故土，别离之谊相思苦。
今天重聚说深情，万语千言诉与汝。

2014 年 11 月

初入诗坛

曾经事业迫人忙，初入吟坛白发霜。
唐律宋词抒百遍，推敲执笔觅诗章。

2015年11月

题花甲创业

六旬首创寻新业，始办红星①惠故乡。
艰苦勤劳谋发展，草苑萝卜大文章。

2016年8月

注释：

①红星：指王金安退休后成立的公司名称，全称是綦江县赶水红星农业科技发展中心。

家和万事兴

和睦家庭万事兴，父子同心土成金。
弟兄合力山成玉，勤俭持家利子孙。

2017年2月

聚 英 才

地灵人杰聚精英，绘制宏图赤子情。
献策群贤小康路，明珠璀璨映金瓶。

2018年6月

扶贫不怕劳

八秩雄心士气豪，扶贫解困不言劳。
访贫问苦山乡走，携手合修幸福桥。

2018年8月

壮 志 酬

暮岁虽临胆气雄，红星创业益乡农。
担当唯有品牌创，壮志终酬最壮容。

2018年10月

自学成才

自强暮岁事雄红，睿智宏开计大功。
勤奋成才皆可贵，人生笑傲自为荣。

2019年1月

匹 夫 责

一

战士着装步履疾，军号一响长奔袭。
悬崖峭壁千重险，浊浪翻腾水浸衣。

二

路烂泥滑踩乱石，沙尘滚滚雨夹雪。
毒虫瘴气人愁绝，烽火硝烟定消灭。

三

刀光剑影斩豺狼，西讨东征灭匪帮。
保境安民拼热血，祖国强盛写华章。

2019年4月

牢记使命

不忘初心解困忧，奉公克己为民谋。
攻坚克难献微力，助奔小康壮志酬。

2019年6月

人　　生

一

人生耄老几十春，商海沙场都打拼。
坎坷人生慢追忆，酸甜苦辣记初心。

二

失败成功观路径，顽强进取勇攀登。
老牛知晓夕阳短，不用扬鞭再起征。

2019年11月

耕　耘

一

初夏时节绿已苍，村民老少采青忙。
光阴似箭金难换，勤劳耕耘奔小康。

二

乡村振兴好光景，百姓安居别墅房。
精准扶贫常助力，脱贫致富尽丰康。

2020年2月

妙　笔

学无止境勇追求，大器终成业绩留。
查阅诗经内涵悟，诗文妙笔写春秋。

2020年7月

书　屋

小屋贫家书上架，寒窗苦读恁多年。
孜孜不倦求高远，大器晚成春满川。

2021年2月

夕阳霞辉

一

回首青春年正少，犹如昨日上征程。
保国守土雄心壮，跃马横枪热血喷。

二

出生入死当无惧，热血一腔献赤心。
脱下军装归故里，征程再迈报国恩。

三

余热生辉不止步，为民致富梓乡榆。
艰辛办企名牌创，赶水名优大众迷。

四

朝枚壮志学词赋，仄仄平平咏曲痴。

熟记唐诗三百首，夕阳浪漫展英姿。

2022年2月

回　乡

赶水本是我故乡，从军上阵赴边疆。

三十余载回乡土，聚款筹资办企商。

劝说萝卜农户种，催人豆腐酵生香。

改革开放创新路，致富脱贫奔小康。

2002年1月

重逢柔怀

解甲归田卸武装，依依不舍恋边防。

怒江烽火披星月，梓里秋风染发霜。

回首滇西寒柳翠，相思黔北腊梅香。

莫言日暮黄昏短，无限风光正载阳。

2018年5月

红霞满天

八秩往昔回首望，光阴似箭鬓霜深。
从戎边阙弃工作，跃马横枪多建勋。
弹雨枪林无所惧，满腔热血献红心。
军装脱下归乡里，再迈征程报党恩。
余日生辉休止步，经营致富企帮民。
好施乐善助人困，慈善胸怀献爱心。
耋耄之年重迈步，还童妙笔赋诗勤。
著书传世存千古，会武能文扶正身。

2019年9月

从 军 路

从戎道，路遥遥，途军漫步付辛劳。盘陀路，雾茫茫，尘土疾风黄沙扬。

驰三月，越天险，守土复疆战无常。肝胆照，横刀狂，没有硝烟万年长。

1974年7月

清平乐·晨鸡报晓

晨鸡报晓，有志男争早。迟暮空愁头白了，抓住青春年少。

知识无尽无边，奔跑快马加鞭。寒夜昏灯不苦，知书达理参禅。

2015年3月

菩萨蛮·高朋满座

杜鹃岭上春光浅，高朋满座杯中香。欢聚一华堂，笙歌吹梦乡。

邀朋圆舞曲，敬尽祝安康。远望海天碧，子孙世代祥。

2018年11月

酒泉子·苦追寻

风和日丽，千山竞秀万花芸。蝴蝶戏，蜂儿勤，鸟争鸣。

夜晚窗外月儿洁，书房灯光明。苦苦追求妙诗文，终有成。

2019年2月

菩萨蛮·英雄儿女

云霞出海连朝日，征程岁月千山碧。黄色暗天昏，溪流湍水奔。

南疆腥气慑，生命多威胁。春驻绿军营，立功护和平。

2019 年 4 月

忆秦娥·公仆情

公仆情，两袖清风为人民。为人民，鞠躬尽瘁，无限忠诚。

为报党恩讲奉献，笑傲江湖丹心在。丹心在，甘洒热血，初心不改。

2019 年 5 月

忆秦娥·守边防

守边防，少儿报国走天涯。走天涯，戎马一生，奉献韶华。

党的阳光沐浴我，廉洁自律留清白。留清白，牢记初心，为民守责。

2019 年 6 月

酒泉子·戎马云南

戎马云南，告别父母离家乡。风尘急，路途遥，黄沙扬。

守边建功事无常，横戈百战狂。心红似火保祖国，好儿郎。

2019年7月

云南怒江高速公路出入口

梦江南·行路难

一

江南好，领命入黔滇。日月征程千里外，连绵南岭走泥丸。溪水似甘泉。

二

崎岖路，处处是青烟。峡谷深山如雨幕，连绵匍匐半余年。劳苦怎堪言。

三

难行路，深壑远山连。五月瘴瘟侵肉体，四方虫蚁啃心寒。思肉解人怜。

四

行难路，赤子一心丹。巡逻站岗谋境安，枪林弹雨灭残顽。甘把命儿捐。

五

行难路，携手灭残顽。手足同甘抵卅载，赴汤烟火总冲前。缘别把家还。

2019年8月

94

忆秦娥·守边塞

贡山白，烽烟滚滚连邻国。连邻国，荷枪上马，震慑顽敌。

滇南冬季和风微，军威浩荡把敌摧。把敌摧，冲锋陷阵，凯旋而归。

2019年9月

清平乐·修身为民

寒灯读苦，百遍终成悟。天下谁能无言语，一笔妙书今古。

蹈火视死忠诚，勇敢杀敌留名。勤学光阴充实，修身报国壮行。

2021年11月

忆秦娥·南滇塞

残阳血，整装待发开南塞。开南塞，路途遥远，双亲伤别。

严冬过后乃春节，或车或步行三月。行三月，千辛万苦，驻守边阙。

2021年12月

第四辑　旅途行吟

四处游历观山水，旅途风云以自珍。
古迹新貌惹人眼，旧桥故乡铭吾心。
无求岁月三春景，不愧沧桑双鬓尘。
老骥伏枥催绮梦，志在千里乐晚成。

东溪古镇（正街茶馆川剧坐唱）2021.05.05.

早　春

白雪红梅灿，瞬间春似华。
萋萋湖畔草，垂柳映滨涯。

1963年4月

丁山湖行

夏日上丁湖，轻风爽自如。
山光城郭映，陶醉入迷蒙。

1983年4月

春　风

雨润千山翠，风摇万蕊红。
仙姑织素锦，蜂聚绕花丛。

1987年4月

溪旁垂钓

江上波涛涌，船行骇浪中。
满山啼杜宇，垂钓白头翁。

1992年7月

秋　韵

赤日浮白云，红花漫天舞。
黄菊何耀眸，梦境思千古。

1996年1月

春　雨

喜雨滋田稼，迎来草木春。
百花齐斗艳，禾穗抵千金。

1998年3月

渚果岛

湖平先见月，岳险慢登程。
四溢渚州蕊，乘舟远眺灯。

1998 年 9 月

迎　春

腊梅凋谢匆，三月杏桃红。
美酒惹人醉，天音震耳聋。

2001 年 2 月

田　园

红火压丫低，山榴挂满枝。
林中飞鸟闹，闲雅吟唐诗。

2009 年 8 月

丰收喜悦

一

鸡报五更晓，农家炊火早。
春时播种忙，秋后收成好。

二

爷爷心绪绿，奶奶精神饱。
家和乐融融，互恭谦敬宝。

2013年3月

沉　浮

曲径古盐道，而今少客人。
三宫残旅恨，谁问事浮沉。

2014 年 7 月

南华宫

小 林 园

门前一雅园，盆景炫眸帘。
花绽香十里，玫瑰露笑颜。

2014年9月

深山小苑

村苑落山中，枝繁茂叶葱。
乘凉多在此，常见白头翁。

2015年6月

酒　　都

茅台天下秀，美誉冠神州。
国宴迎宾客，传承千载优。

2017年3月

高速铁路

山高不怕攀，底下洞先穿。
深谷桥梁架，行车自洒然。

2020年8月

綦江高速铁路

游　春

飞檐蕊谢荣，瀑布往东行。
岳险平湖美，池深白鹤精。
溪流叮当响，鹅颈向天鸣。
素女欢心语，翁婆笑爽盈。

1998年3月

香 山① 秀

香山景色幽，溪水向东流。
飞溅山泉壁，峡幽猴嗓留。
金龟沙暖睡，紫燕筑檐楼。
淑女蹁跹舞，妪翁歌亮喉。

2012年3月

注释：

①香山：指綦江区赶水镇香山村。经济来源以种植、养殖为主，主要产业以种植草苑萝卜等蔬菜为主。

东溪重游

东溪葛万株，瀑布泄银珠。
幽暗深潭里，金龟独秀孤。
埋淹千载久，唐代数名都。
今遇繁荣世，相逢再举觚。

2017年12月

綦城巨变

綦河双岸阔，拔地大楼升。
美女香车棒，高天月色青。
诗歌骚客诵，版画世人惊。
舒广九州秀，安康惠众生。

2021年12月

綦城巨变

水月街①风情

水月桥西石径斜，空蒙雨露润千家。

杜鹃欢叫炫春色，十个乡姑九不差。

1971年3月

注释：

①水月街：指綦江赶水镇谢家街。

篷　　舟

三月桃红柳色春，水光倩影喜迎新。

篷舟网捕谋生计，搏浪乘风汗洒襟。

1981年3月

大沟水库

大沟水库绿幽幽，荡漾清波喜乐游。

野鸟鸳鸯时可见，静心观览远离愁。

1984年7月

牧　童

男女少童牛背横，丘陵放牧百花明。
天蓝草绿牛羊壮，暮色苍茫踏返程。

1984 年 8 月

银线架万里

铁塔高高入碧端，银丝飞架克难关。
繁荣一片凭科技，灯火辉煌乐业安。

1987 年 11 月

农 家 乐

连绵山岳露峰尖，飞溅溪流丰水潭。
鸟叫鸡鸣酒香浸，今宵喜宿在农园。

1989 年 6 月

登山远眺

登高瞭望尽斜坡，云海茫茫翻浪波。
有眼难寻天宇奥，疑如观景在银河。

1989 年 9 月

春　　韵

万物逢春晴看雨，满塘荷叶翠叠清。
风吹柳絮纷纷落，水下鱼蛙不受惊。

1992 年 5 月

小桥人家

远上南山路径斜，沟深峡美有人家。
顽童溪畔捉鱼乐，靓妹旁边手摘花。

1992 年 6 月

垂　钓

老白栖杆把鱼钓，鱼大贪吃出水来。
无奈伤悲送生命，女儿归夜喜欣怀。

1993年8月

雪　梅

梅雪迎春花自爱，芳香飘进小楼台。
花丛蜂舞深深见，笑语欢歌酒瓮开。

1994年12月

过　年

腊梅绽放雪欢颜，童子朝朝盼过年。
爆仗一声辞旧岁，满城春色醉心田。

1995年2月

美　娇

江上小楼多美娇，轻歌妙舞水蛇腰。
佳宾乐赏欣愉曲，半醉风流一通宵。

1996年9月

田　野

农夫辛苦稻田开，对对飞鹰至远来。
戏水翱翔藏土埂，鱼虾今日必遭灾。

1997年6月

赶水桥乡

阳春三月下桥乡，水秀山青好景光。
大小桥梁连两岸，坦途车辆畅边疆。

1997年7月

昔日家园

一

团山脚下路弯弯，百载家乡似乐园。
金桂风飘香百里，黄梨桃李满坡延。

二

荒冢周边多稚笋，蜘蛛撒网布房檐。
弯弯水面飞鸥鹭，细细清泉味道甜。

1998年4月

丁山湖畔

丁山湖畔景观多，仙客乘船乱穿梭。
荡漾碧波人欲醉，休闲玩水遍山坡。

1998年10月

水 乡 情

一

桥乡赶水我故乡，报国赴滇守边疆。
卅年解甲回桑土，温饱依然感叹伤。

二

僻乡环境皆无惧，扎寨农村为小康。
创办新型合作社，脱贫办企有良方。

三

兴农科技来精进，省力机耕得改良。
产品增值民富裕，复兴筑梦为兴邦。

2000 年 10 月

季节轮回

春光舒润草青青，夏日炎炎雨瀑声。
片片残秋叶飞尽，枝枝梅绽又春风。

2001 年 7 月

春　暖

菊艳鲜灵改镜容，腊梅吐艳气芳浓。
漫山草茂春光绽，万户闻香暖意融。

2001年10月

赶水桥乡颂

故乡处处大桥悬，江水滔滔向此还。
心旷神怡环境美，秋高气爽自难闲。

2002年4月

赶水桥乡景观

横山观景

行进横山数里程，晚风轻拂入华亭。
登峰眺望赏明月，遥远苍穹闪数星。

2005年6月

端　　午

芳草幽幽涧谷生，烟波江上有船行。
时年便有龙舟赛，两岸平台鼓掌鸣。

2007年6月

渔　　歌

圆月弯弯照水乡，老翁江上捕鱼忙。
柳笛悠远碧波荡，晚照渔歌踏浪航。

2008年9月

赏　月

疏星朗月照清江，尤喜深秋桂蕊香。
美酒佳肴同共享，天高气爽好时光。

2009年9月

赶　水　场

进场美景入疏帘，数座银桥水际天。
昔日香烟升岳庙，而今灯火映江边。

2011年5月

赶水观音庙

赏 梨 花

万亩梨园遍岭崖，游人注目细观花。
云烟白练飞溅玉，童子兴高手捕蛙。

2012 年 4 月

高庙风光

旖旎风光炫翠微，登山偕老悦相随。
轻歌妙舞惹人醉，难忘时光梦几回。

2012 年 8 月

太 公 山

浩瀚水乡赏景观，兰香幽谷艳阳天。
田园山色桃千树，燕舞芳华饰秀川。

2012 年 9 月

版画长廊

版画长廊芳树幽，沿河两岸耸高楼。
绿荫黄葛千株种，书海古今随我游。

2013年4月

大理风光

滇南景色四时春，峻岭峦峰染彩缎。
白族仙姑赛歌舞，芦笙邀妹入芳园。

2013年7月

云南大理古城

尧 龙 山

青山翠岭袅云烟，雾罩蒙蒙信步前。
香客常年表虔敬，吉祥如意佑平安。

2015年8月

水库景致

绿树天天沐日晖，园中花木吐芳菲。
层层原野稻翻浪，水库风光映翠微。

2015年9月

客 厅

西式花厅四壁清，花儿朵朵美如英。
大屏彩电墙头挂，夜幕来临亮华灯。

2016年3月

十里长廊

綦河奔涌掀波浪，十里长廊游客多。
江上华轮人满载，饮茶会友赏轻歌。

2016年6月

游横山遇雨

横山秀水郁花香，滚滚车轮纷扰攘。
可惜天公添小乱，游人雨点湿衣裳。

2016年8月

家乡颂

古镇神奇好地方，气田开采势张扬。
问谁不赞家乡好，食美街长饭菜香。

2016年12月

青山绿水

植林种树育禾苗，变绿荒山梦未遥。
治理功成生态好，青山碧水尽妖娆。

2017年4月

青山绿水

旧貌新颜

一

雨后初晴生紫烟，马龙车水热朝天。
长街小巷人潮拥，古庙旧宫香客欢。

二

看戏听书品文韵，观雕赏舞悟民谚。
民生社稷关群众，经济腾飞虎翼添。

2017年8月

春城风光

春城无处不飞花，池水艳波垂柳丫。
临水三光长卧女，翔鸥飞鹭向天涯。

2017年11月

桃李满天下

平岭樱花树映红，千枝绽放露娇容。
园中桃李满天下，一展芳菲报日荣。

2018年3月

东溪古镇

东溪古镇规划启，路景维修君正忙。
夜暮华灯街道亮，丰登五谷喜洋洋。

2018年6月

向太阳

新农村

村里人家换旧装，花儿朵朵遍山香。
畅通道路连楼宇，万户丰足享健康。

2019年5月

东溪鲤鱼池新农村示范点

水乡风韵

烟波缥缈打鱼舟，汇聚三江东海流。
桥水连天相应妙，岸边可望吊悬楼。

2019年7月

水乡风韵

向太阳

游东溪古邮局有感

万寿桥边野草花，依稀小巷夕阳斜。
旧时鸿雁去何处，故地今成展览家。

2021年5月

2020年修缮后的东溪古邮局——麻乡约民信局

游 丁 山

竹翠青松凝景美，丁湖荡桨若歌声。
柳绦倒影涟漪滟，石笋雄姿飞瀑鸣。
古刹城隍香火旺，观音佛祖卦签灵。
而今社稷有明主，华夏黎群享太平。

2007年8月

平湖日出

向太阳

古 道 行

千年古镇远流长，马驮人挑盐与粮。
夜雨飘零湿陡道，冬天冒汗浸衣裳。
双边商铺迎来客，一路黄葛话晚凉。
今日已无昔往景，交通便利运输忙。

2009年9月

赶水石房村

百里乘车到水乡，沿着小路访石房。
乡村场地宽之广，月夜灯台亮亦光。
边坝水塘鱼万尾，装车萝卜货八方。
一年四季花开放，遍野金黄溢果香。

2011年7月

赶水镇石房村便民服务中心

128

新石房村颂

党的富民政策好，喜看河山换旧颜。
萝卜广场旗彩展，文明新貌遍家园。
小康富路逐奔向，科技兴农高产田。
宽敞小楼花景似，生活如蜜品甘甜。

2012年9月

水乡感怀

明帝微服访水乡，楼台亭榭碧波塘。
雨滴荡漾清光映，日照飞泉汇大江。
松绿柏青葱郁处，杜鹃绽放吐芬芳。
桃花园里春风笑，景美人欢福寿康。

2013年8月

乡村巨变

乡村处处见新容，墅小雕楼掩秀茏。
马路农场宽又广，河川水库大而雄。
金山峻岭花儿灿，硕果盈枝肉色红。
盼望家乡兴旅业，农商奋进两相通。

2021年2月

宜居新村

金错刀·鱼米之乡

水潺潺，白茫茫，叮咚泉水源流长。三江留下千年美，一水相依两岸煌。

谋发展，振华邦，描山绘水蓝图框。齐心协力来装扮，鱼米之乡华夏扬。

2014年11月

第五辑 生活感悟

斗转星移岁月流，是非成败记心间。
蹉跎岁月催人老，八秩春秋顺水淹。
更喜今朝精气爽，酒酣肠热笑声欢。
劝君莫做英雄论，共醉夕阳把寿添。

东溪古镇（太平桥渡口）20200219

扫　盲

昨日是文盲，今日成书生。
一天识千五，赛过古时人。

1957年6月

我不是书生

我不是书生，题诗学抒情。
经年多苦练，妙句得来惊。

1958年9月

只有勤中攀

书如陆海宽，笔下有云天。
欲解人生事，殷勤每日攀。

1962年11月

乐 中 辛

白发闲无事，老来习律文。
平生多自爱，莫忘乐中辛。

1972年6月

晨 读

晨光渐渐亮，正好看书时。
潜志数十载，效能总相宜。

1992年2月

偕 老

两人偕皓首，共祝寿长春。
并蒂花逾美，同心情更深。

1997年10月

启 新 程

花甲启新程，寒菊伴暮龄。
舟行楫逆水，创业自当成。

1997年11月

勇 当 先

创业写鸿篇，农村设备安。
追逐科技梦，昂志永当先。

1998年10月

怀 高 远

科学无尽头，暮岁尚追求。
大器未为晚，只期入望楼。

1998年11月

争　春

争春不惰心，一刻值千金。
何待光阴老，空虚泪染襟。

1998 年 12 月

拼　搏

命运尚由拼，求天岂赐金。
何愁前路险，谈笑对征程。

1999 年 6 月

丹　心

暮秋风瑟瑟，白发几凋零。
人老志犹在，丹心照汗青。

2001 年 9 月

学而著史

岁月催人老，光阴不等闲。
诗书读万卷，著史入千年。

2004 年 10 月

和谐兴家

山乡春色好，年老趣长兴。
和睦家庭顺，祺福待永恒。

2005 年 3 月

包　　容

包容须雅量，海纳百流川。
宽以待人好，和谐社会安。

2006 年 11 月

自　勉

古稀怀壮兮，创业从头越。
商海运筹勤，搏拼洒汗血。

2007年1月

崇德百岁迎

颐年慢步行，锻炼贵须恒。
心静止如水，崇德百岁迎。

2008年4月

学而不止

白发闲无事，抒怀咏韵文。
胸存江海志，妙笔塑忠魂。

2008年6月

宏　图

同吟华夏曲，共绘九州篇。
耀眼宏图现，山河异彩添。

2009年3月

遵纪守法

法制勤学习，纪律严遵守。
乐道对清贫，寿延九十九。

2011年11月

以德聚财

聚财德义树，薄利显真情。
交易公平广，开诚业自兴。

2015年7月

回首往事

一

古往今来事，更时万物生。
路难多险阻，吾辈勇攀登。

二

清江鱼戏水，茶道遇知君。
只恨相逢晚，时时泪洒襟。

三

千言谈万语，句句感情真。
兴趣交流顺，相期倍感亲。

2017年5月

为官清正

平生廉洁范，青史古长留。
日月丹心照，人民自可讴。

2021年11月

人　生

人生多坎坷，难路勇登攀。
穷日怀奇志，富时休妄言。
心宽静如水，义重可心安。
乐对清平世，怡然福寿添。

1998年4月

夏　愁

夏暮暗沉沉，云中闪电喷。
狂风初乱舞，沱雨已泼淋。
水漫惊残夜，雷鸣欲断魂。
天公不赏脸，灾害少出门。

2005年7月

多练笔如神

读书明道理，挑字组诗文。
笔下生佳句，老翁豪气吟。
历经多少载，已算小诗人。
久悟出真理，勤学笔似神。
日月匆匆过，头白更认真。
花发存壮志，典范启传承。

2013年4月

力争上游

晚景升明月，年衰计睿谋。
西归难预测，老去早规筹。
岁月勤飞渡，桑榆夺上游。
酒狂犹纵放，气壮竞风流。
再把人生路，偏宜脚迹留。
忘怀白发慰，奋志喜心酬。

2013年6月

不平庸而进取

理想追求存壮志，人生奉献自欣欢。
无聊低等再高寿，犹如蚊虫蚂蚁般。

1957年12月

丰　　收

雪兆丰年眉上喜，乡村兴旺谷禾新。
市场各业繁荣景，安乐祥和感党恩。

1976年6月

人勤果丰

细作深耕夺丰产，秋收欢乐喜充盈。
万民齐奏同心曲，雨顺风调万户荣。

1984年5月

总 是 情

三江融汇浪低鸣，翠岭相连总是情。
梦里云乡千万载，一生无悔把福盛。

1986年7月

学　韵

初入诗坛艺不精，逢人请教意虔诚。
意浓妙语情真切，苦索佳篇随笔生。

1994年5月

爱 夕 阳

岁岁重阳菊花黄，偕老登山健体强。
远眺平川八百里，珍惜时光爱夕阳。

1996年8月

红梅报春

翠柏青松多雅意，红梅白雪喜迎春。
花妍日暖人更喜，民主雄强万宇欣。

1996年11月

红梅报春

劳　作

春来农户早炊烟，飞落银锄五岭间。
合力同心共携手，风清气顺九州安。

1997年2月

上老年大学有感

老年大学乐开怀，白发群星座几排。
跳舞高歌激情在，夕阳炫彩讲和谐。

1997年7月

辛　劳

夏日炎炎常骤雨，池塘水漫跑青蛙。
农夫劳作汗流淌，稻长苗葱乐百花。

1998年5月

饮　茶

文化长廊茗舍多，喝茶闲仕喜穿梭。
清香扑鼻惹心醉，更有佳人唱俚歌。

1998年5月

无愧余心

练字习诗暮岁忙，精神抖擞寿延长。
健康发展莫松懈，无愧余心可赞扬。

1998年7月

创　业

创业艰难多琐事，白霜两鬓再操戈。
辛劳日夜艺精进，打造名牌奏凯歌。

2000年9月

奋　进

离家越过三十载，解甲归田回故园。
创业奔波学技艺，为民立志永朝前。

2001年6月

白　头

男子豪情壮志酬，横戈跃马对敌仇。
昔别沙场归乡里，勤奋拼搏到鬓头。

2002年3月

有志者事竟成

赶水男儿志气高，草苑萝卜九州销。
香甜脆辣好巴适，传统加工听我招。

2003年7月

壮志咏怀

致富潜能勤挖掘，晚归晨出偕明月。
农商兼顾细筹谋，耄耋之年仍未歇。

2003年8月

永不停息

珍惜时光勇打拼，古稀奋斗事终成。
无私奉献堪嘉美，再立新功步远程。

2004年3月

讲 奉 献

走过人生八十秋，无私奉献乃所求。
一生清正丹心在，公仆楷模百世流。

2004年5月

老有所为

老有所为因利忙，精神抖擞焕荣光。
不辞劳苦种萝卜，事妥之时臻富康。

2004年6月

收　　藏

一

满室古玩传久远，经年升华价连城。
前人收藏千般苦，后辈珍惜定传承。

二

往来收藏寻珍品，天地长留雅趣盈。
探宝若得一古物，子孙后代感荫荣。

2004年7月

恩爱在人间

巡天遥看牛郎女，守月嫦娥寂寞添。
瑶殿七仙肠尽断，寻常恩爱在人间。

2005 年 3 月

成　　功

山里飞出金凤凰，食品尚佳响四方。
十年荣获两大奖，特色品牌优势强。

2006 年 11 月

文明经商

市场销售品牌真，交易公平换世心。
滚滚财源三江聚，文明诚信价千金。

2007 年 11 月

立志成才

昔日从戎三十载，复员立志学经商。
东南西北揽生意，莫笑苍苍两鬓霜。

2008年5月

高　　远

童年有志去他乡，苦练功夫到远方。
执着拼搏善思考，成功事业惠綦江。

2008年6月

赋　　诗

暮年学海荡扁舟，苦索书山三十秋。
国粹传承研雅韵，精神抖擞展歌喉。

2008年7月

学　远

童年快乐上学校，琅琅书声冲汉霄。
熟读唐诗三百首，胸怀广阔似天高。

2009 年 12 月

为民造福

为民服务电输出，日夜辛劳贡献殊。
万里银光庭户亮，城乡旖旎众欢呼。

2011 年 4 月

鞠躬尽瘁

东奔西跑几多回，为国为民久不归。
耄耋之年犹奉献，鞠躬尽瘁闪光辉。

2011 年 7 月

珍惜时光

一世人生有几何，打拼路上勿蹉跎。
勤劳致富兴商贸，百岁童颜唱凯歌。

2011年8月

莫 愁 秋

花谢花开本规律，胜春秋夏总相宜。
流年似水如抛洒，到老方知悔恨迟。

2011年11月

奋进到白头

壮志昔年尚未酬，边防驰骋对敌仇。
凯旋解甲归来日，华夏振兴霜染头。

2013年4月

奉　献

党员一生多奉献，清风两袖为人民。
分忧还要勇挑担，心系国家浩气存。

2014年2月

喜　悦

邻家小院百花开，犹引蜻蜓紫燕来。
三五孩童游戏闹，欢声不断乐开怀。

2015年4月

乐　业

渝州平地画楼重，乐业安居万户荣。
协力齐心兴大业，千盅美酒酹天同。

2015年5月

和谐家苑

和谐家苑桂花厅，麻辣汤锅味正烹。
灯笼排排屋上挂，亲人相聚牡丹亭。

2015 年 10 月

共祝颐年

白云悠远入高天，烟雾山中有洞天。
漫步青山人未老，期颐天寿胜神仙。

2016 年 5 月

苦　　学

清晨鸟语日升高，花谢春来挂玉桃。
年老勤学诗兴饱，而今迈步喜挥毫。

2016 年 12 月

向太阳

勤劳致富

冬去春来季不同，耕耘播种望年丰。
坚持节约传家宝，莫使男儿溺酒中。

2017年5月

老当益壮

耄老之年少儿郎，老当益壮奔跑忙。
谁云衰迈无一事，业绩昭昭美赞扬。

2017年6月

献　　岁

稀岁日长方悟觉，八十无恙睿思心。
平生奋斗持终岁，如此身随百岁人。

2017年10月

劳作人长寿

心静平和人长寿，童颜鹤发显年轻。
精神爽朗度生世，勤苦方为百岁星。

2019年5月

惜 光 阴

知春草木怕秋深，一寸光阴一寸金。
莫做花前悲怨客，危台敢上勇登临。

2020年9月

知足常乐

坎坷人生旅事艰，辱荣贫富苦悲欢。
苍茫身退壮豪志，坦荡名高天地宽。
薄酒幽香心向善，茗茶淡饭义相捐。
和谐家睦邻家乐，无恙清白享顺安。

1998年11月

立下愚公志

八秩寿辰希寿添，仕途坎坷渡难关。
人生有限业无限，阔步昂头敢在先。
老来尚有少年志，欲效愚公移大山。
百事可成行远道，振兴华夏上峰巅。

2007年3月

等　　待

红星闪闪落东田①，食品尚佳市场前。
吏人不识金如玉②，春愁难事③不成眠。
不用扬鞭心致志，梅雪迎春定会来。
那日举杯尽欢饮，无须再等二十年。

2007年4月

注释：

①落东田：2007年3月28日，公司落户东溪镇新市场。

②金如玉：2004年与2006年"赶水牌"萝卜干分别荣获中国杨凌农交会后稷奖和后稷特别奖；2009年荣获重庆市名牌农产品；2011年荣获第九届中国国际农产品交易会"金奖"。

③春愁难事：在企业发展过程中因资金缺乏而发愁。

余日生辉

追寻革命走天涯，少儿报国老回家。
不是贪闲无所事，余日生辉再种花。
十年艰辛终有果，农商并重收大瓜。
最美不过夕阳红，再迈征途把越跨。

2007年12月

无愧于心到白头

岁月匆匆染霜头，今生无悔也无忧。
少年伙伴知谁在，怎奈凋花卧野丘。
日夜思家常入梦，还乡游子少忧愁。
功名利禄无须念，骨肉团圆夙愿求。
素酒清茶迎贵客，分离悲感泪泉流。
年华似水勤中过，无愧于心到白头。

1984年3月

向太阳

致 远

业绩未成欲何知，痴痴愁白鬓边丝。
今生无悔护疆土，解甲归田学赋诗。
有限生命无限力，戎马从政到古稀。
出生入死战沙场，笑傲江湖铸丹心。
八十放眼还高处，从头迈步永无期。
妙笔诗文传古训，夕阳金辉办业企。
创业发展新天地，无私奉献岁归西。
岁满①暮年康健在，眼阔胸宽盖世兮。

1999年3月

注释：
①岁满：指满百岁。

红尘几欲慢华年，洗却浮名善悟禅。

一水一山一世界，半军半民半园田。

窗前柔落梅花锦，灯下轻描人月圆。

初心尘静喧嚣远，云舒花开两悠然。

福林儿女当自强

福林人杰，儿女自强。
描绘宏图，锐创辉煌。
牢记初心，思源不忘。
农商并重，扬帆启航。
六畜兴旺，五谷盈仓。
家和邻睦，万民吉祥。

2019年2月

丰 收 韵

梅雪报丰年，三春岂等闲。
人欢惊马叫，秋后可开颜。

2016年3月

诚 信

信誉赋英豪，谦虚品性高。
出言当鼎诺，问道可相交。

2018年1月

惊　喜

慕名游小巷，景点快餐丰。
惊喜连年在，情怀有所钟。

2018年9月

暖　春

春花分外香，燕子喜飞翔。
柳绿随风舞，枝头杏已黄。

2019年3月

乐 天 派

清泉味道甜，劳作寿延年。
当个乐天派，心宽好睡眠。

2019年9月

护林有责

可奈火烧天，森林禁火烟。
肩扛责任重，尽力护青山。

2019 年 10 月

贤妻①家旺

妻贤家富有，相敬贵如宾。
恩爱甜如蜜，家和万事兴。

2022 年 12 月

注释：

①贤妻：指我的第二任妻子何明贤，生于 1960 年，她勤劳俭朴、平易近人、包容宽厚，是一位值得称道的贤妻良母。

赞贤侄王天栋

贤侄好儿郎，从戎赴塞疆。
忠心知报国，书法美名扬。

2022 年 12 月

丰　年

梅雪兆丰年，春来美丽园。
轻风拂嫩柳，细雨润干田。
日日农家累，株株稻穗甜。
收成人庆喜，气象报晴天。

2019年8月

景　上　苍

宇宙大无疆，瑶池里面装。
众仙常聚会，蟠桃酒一缸。
王母常邀客，诚心请吴刚。
嫦娥飘迁舞，七女吹玉箫。
美酒惹人醉，玉帝来赏光。
杜鹃花红灿，人间景上苍①。

2018年10月

注释：
①人间景上苍：人间美景比天上瑶池更加美丽。

恋　情

桥西水月柳成荫，戏耍蝴蝶舞伴亲。
仕女常思情寄语，鸳鸯河畔对歌声。

2016年6月

农　家　欢

汇聚三江自大川，波涛汹涌势冲天。
春回故地传音讯，万象迎新露笑颜。

2017年7月

避暑纳凉

结伴同行话短长，高山避暑健身强。
天涯海角交新友，探索学识拜伟郎。

2017年7月

梅雪迎春

含嫣雨露泛春前，只有风姿色满园。
未去寒风渔网现，农勤耕早盼丰年。

2018 年 7 月

日 子 甜

修渠引水灌良田，春到人间日子甜。
树木成荫留水土，风调雨顺庆丰年。

2019 年 2 月

惠 万 民

春暖花开艳满城，烟波碧水月圆明。
楼庭景点出佳貌，党领新程万里行。

2019 年 4 月

惜　粮

柳树扬花燕子飞，出行老幼早回归。
头蒸烈日勤耕作，粒粒粮食聚拢堆。

2019年6月

庆 丰 收

万里风和碧水河，无边沃野稻翻波。
田肥草美牛羊壮，待到收获唱颂歌。

2019年7月

繁荣昌盛

开发古镇焕容光，路道八达贯故乡。
商店利多能创业，腾飞经济富一方。

2019年8月

寿 百 春

轮回甲子六十春，颂祝遐龄酒为樽。
古木参天萦梦远，勤学为旨铸精魂。

2019年10月

为民造福

勤劳致富暖心田，政策为民翅膀添。
愿做黄牛甘俯首，人心爱党尽开颜。

2019年11月

人勤春早

梅雪迎春喜雨天，农夫早起把牛牵。
山川遍野翻波浪，燕舞莺歌绽喜颜。

2020年2月

第六辑 感事抒怀

春 景 吟

春晖日映草青青，景地无边正放晴。
旭日祥云逢盛世，欢歌笑语玉人迎。

2020年7月

赞洪发①政委

余热生辉洪政委，一生留下数佳篇。
抒怀逸兴叙时事，文笔连心功盖天。

2020年8月

注释：

①洪发：云南晋宁区人，1951年入伍。1983年转业，在晋宁区（原晋宁县）地方工作。曾多次获得"司法行政先进工作者、优秀法律辅导员"称号，1996年被中华人民共和国司法部授予司法行政银星奖章。

贺胡再明①老师寿辰

一

德高望重老师长，育李培桃异彩呈。
沥血呕心勤教诲，燃烧自己启新星。

二

灵魂造就岂图名，走过人生八秩龄。
浇灌桃园结硕果，育培学子铸精英。
恭呈宝墨兰亭序，聊表尊师赤热情。
祝愿期颐身健朗，簧门史册著蜚声。

三

昔日顽童入学堂，恩师执教妙良方。
呕心沥血育桃李，传德授知培栋梁。
敬业爱岗堪典范，讲台挥汗创辉煌。
龄逾耄耋精神爽，乐享期颐步小康。

2020年9月

注释：

①胡再明：胡再明老师是我的小学老师，工作兢兢业业，栽桃育李，呕心沥血。待人谦虚坦诚、宽容恭敬，赢得广泛赞誉。

赞战友莫德敏^①

一

千里迢迢赴贵阳，欣随德敏入文房。
毫端墨宝黄金价，旷世英才书法王。

二

德敏战友痴书法，承继二王之造型。
腹有文章生雅气，毫端墨迹似兰亭。

2020 年 10 月

注释：

①莫德敏：贵州省剑河县人，1957 年初中毕业，1959 年应
征入伍，在边防九团任职，1992 年转业，在云南省交通厅中心
医院任职，2003 年退休，现为昆明市老干部书画协会会员、中
国书法家协会会员。

赞诗友学荣①

学富警中才艺秀，智侦疑案众人夸。
渝州骚赋引航向，诗辑天门②第一家。

2022年9月

注释：

①学荣：即唐学荣，为公安系统退休干部。现为重庆市诗词学会会长助理、区县诗词学会联络站总站长、渝中区诗联书画院院长、中华诗词学会会员等。

②天门：指唐学荣主编的渝中区诗联书画院诗刊《朝天门》。

赞诗友罗毅①

一

华夏厚土育名璆，罗毅文采綦江牛。
国粹弘扬举旗手，妙笔骚章千古流。

二

生命征程数十年，巧遇良师幸有缘。

老朽一生终受益，共创诗会更无前。

2022年10月

注释：

①罗毅：笔名原野，男，生于1962年6月9日，汉语言文学专业，本科学历，重庆綦江人。有诗歌、散文、小说、随笔、戏剧等五百余篇（首），散见于《诗刊》《读者》《世界诗人诗历》等。著有乡土历史文化读本《千年古镇东溪》《东溪古镇故事》《东溪古镇风韵》等。

赞綦南供电公司张秋韵

秋韵调研民企业，关心发展记心中。

策优扶助千般暖，激励綦丰立绩功。

2022年10月

礼赞慈母①

慈母恩情永不忘，男儿保国赴疆场。
迎来盛世太平日，解甲归田侍奉娘。

2022年11月

注释：

①慈母：即我母亲邓洪素，她一生勤劳、善良、淳朴，为了家和兴旺、祥和美好、儿女们的幸福安康，含辛茹苦、日夜操劳，完成了一个慈母的崇高使命。她虽然离世了，但她的恩德，儿孙们永远铭刻在心，难以忘怀。

怀念爱妻韩文书①

发妻贤惠不能忘，风雨同舟情意长。
勤俭持家贤内助，德高哺育好儿郎。

2022年11月

注释：

①韩文书：生于1945年，于1963年参加工作，1965年加入中国共产党，曾任城郊供销社桥河餐厅经理、供销社副主任等职。曾十三次被评为"先进工作者"，五次被评为"先进女工"，

多次被评为"优秀共产党员"。

纪念兄弟金邦①

吾家胞弟令人尊，少小心灵入艺门。
吃苦耐劳勤创业，浩然正气佑儿孙。

2022年12月

注释：

①金邦：即我的亲弟弟王金邦，生于1940年，他一生勤奋好学，尊师重教，忠厚贤良，对党忠诚，是一名优秀的共产党员。

诗书飞扬

诗书翰墨展风采，各有千秋启后人。
一卷飞扬寻梦客，千秋事业壮凌云。
青山有请常相对，白发无情更可亲。
我亦平生耽此乐，传承国粹远红尘。

德合无疆

四季景致

炎炎夏日悲人事，扇子拿来不过秋。
腊雪窗含无道路，阳春气暖遍神州。
风吹柳绿开心好，水溅莲红动景优。
灿烂杜鹃花更艳，采莲淑女爱乘舟。

2017年8月

英 才 颂

好久曾经故地来，东溪沃土育英才。
南州创办诗刊上，赤水欢欣韵律开。
时代讴歌新气象，征帆破浪好胸怀。
金铺大道阳光灿，文化繁荣振史台。

2019年4月

初　夏

初夏新来万物昌，百花犹盛乃芬芳。
蛙声野外歌丰韵，果色橙黄泛异香。
麦穗迎风如水浪，高粱爆籽满山岗。
一年最是今天景，笑看收粮满库仓。

2020 年 5 月

洪　灾

自从盘古开天地，泛滥江流几万年。
百姓昔时多水灾，逃荒过去舍家园。
如何科技超发展，更有心思改自然。
大地神州旗帜现，天公不再害人间。

2020 年 8 月

新年感怀

瑞雪飘飞迎兔年，人间岁月乐陶然。
稚童庭院鞭明夜，亲友餐厅盏比肩。
同庆邦兴逢盛世，共祈族旺唱祥天。
新春脚步已临近，万众欢欣国政贤。

2021年1月

兔年春节抒怀

綮水悠悠日月驰，兔年春节惹深思。
广交吟友挥濡笔，喜逐流年展俊姿。
荣辱是非无暇悔，盈亏忧乐已难追。
诗书为伴偕吾老，耄耋雄心总相宜。

2022年12月

赞福林村第一书记张先

张先立志到农村，务必求真赤子心。
鼎力同德移故旧，规划远景可翻新。
脱贫致富催来干，民众团结敢去拼。
途路小康新梦想，忠心向党正逢春。

2022年12月

瑞雪迎春抒怀

新春时节雪光明，夜袭渝州瑞玉声。
美酒佳肴歌盛世，吟诗作赋颂和平。
国强民富千家乐，业旺财兴万户荣。
幸福不忘宗旨重，初心牢记献忠诚。

2023年1月

忠孝两全

少儿报国远离家，不是不愿奉爹妈。
二十八载蹉跎日，横刀立马南疆跨。
卸下戎装归故里，亲朋好友挂彩花。
深恩未报今日补，坟前叩拜礼不差。
忠孝两全需兼顾，儿要为国又为家。
终生奋斗艰难路，为民服务众人夸。

1987年4月

上行杯·古镇风韵

邑都茵绿多芳草，日照深潭飞瀑啸。古戏楼台，老者白发歌唱好。

两宫故事情节巧，人物传神多俊俏。风韵依然，传统文化声势浩。

2012 年 10 月

三合楼

忆江南·经商要懂行

一

生财路，商贾要循行。交易公平财气旺，经营合法利绵长。开店盼吉祥。

二

心气畅，天地晓人祥。一流服务懂民意，文明待客满华堂。财利水流长。

2013年11月

菩萨蛮·修路利民

清江春水徘徊月，一湾桥水连天接。四面路途长，穿山机更强。

流通兴贸易，贵客当协力。大好有山河，风云谱壮歌。

2017年4月

菩萨蛮·文明经商

待人礼貌财源旺，经商关注兴隆望。货好客八方，利如流水长。

事顺心气爽，笑面逢缘广。明码显三江，厚德能业昌。

2017年8月

浣沙溪·五谷丰登

松柏常青峻岭殊，春风送暖柳千株，丰收待到米粮熟。

弯曲梯田飞燕子，丰登五谷喜欢足，有余喜庆是民福。

2017年10月

菩萨蛮·稔岁

杜鹃灿烂红山野，桥乡儿女同心悦。大海入江流，银桥姿态优。

高楼平地起，四处香车丽。百业旺神州，康庄圆梦酬。

2017年11月

南歌子·团圆

一

满岭生红叶，秋风已劲吹。桂花香漫入心扉。云淡好邀佳月，再添杯。

二

绿柳随风舞，山川草木花。闲步漫观有人家。游客欲拨歌曲，响琵琶。

2018年5月

清平乐·韵春

山青蒙雾，云淡星光露。风暖吹得人欲驻，岸上繁花伴处。

红橘鲜艳瓜醇，白梨大枣仙珍。柴米油盐为贵，今朝稻谷翻身。

2019年2月

忆秦娥·田园诗梦

一

春风至，千山万水风和日。风和日，如烟绿柳，田园模式。

中华伟业千秋史，青山绿水蓝天志。蓝天志，青松翠柏，林园态势。

二

春丽日，红梅瑞雪山川置。山川置，人间醉岁，彩灯如帜。

鲜花遍野天香示，果山林海多知识。多知识，青青绿草，桂圆品质。

2019年4月

渔家傲·电力工人礼赞

银线条条牵万杆，工人架电冲霄汉。河谷高山足印坎，齐奋战，人间温暖功勋览。

风雨几多逢历险，跋山涉水为巡检。戴月披星常走看，真情念，万家欣慰明灯换。

2019年8月

清平乐·喜满人间

春光赐沐，万里风吹绿。政策脱贫能致富，科技兴农孕育。

治山治水防灾，植树造林福添。戏水鹅鸭快乐，幸福喜满人间。

2019年9月

蝶恋花·自强不息

儿女年青识见广，驾驶疾风高举红旗上。开创雄心豪气壮，脱贫致富多谋赏。

科技新农除故障，革故加鞭携手同心闯。铁臂银锄开路创，生金汗水滋生长。

2019年10月

忆秦娥·为商之道

生意火，诚信经营迎宾客。迎宾客，叟童承诺，货实绝色。

销售营业供需迫，今朝网络寻良策。寻良策，城乡连社，创出奇特。

2019年11月

忆江南·立春

元复始，寒冷未消然。园里桃林花蕾现，渔翁日照遍河川。傍晚满舟旋。

忆江南·雨水

知天气，喜雨润丰年。草木萌芽生万物，随风入夜醉心田。老幼乐开颜。

忆江南·惊蛰

惊雷响，万物不沉眠。野外牧童笛响起，农夫劳苦几天闲。扶树望丰年。

忆江南·春分

池水畔，沙暖戏鸳鸯。小径溪头花怒放，一壶美酒意绵长。对饮气高昂。

忆江南·清明

寒食近，祭祖泪涟涟。隔断阴阳难见面，夜归儿女忆昔年。永久藕丝连。

忆江南·谷雨

初晴雨，万物喜逢春。峻岭林中多茂盛，溪流路转醉乡村。雨助谷生根。

菩萨蛮·立夏

送春转眼逢初夏，百花吐艳皆成画。峻岭傲长空，绿波拂暖风。

蜂蝶飞舞戏，蚯蚓土松易。对舞伴心通，夜来欢乐中。

菩萨蛮·小满

花前桌上同斟酒，月初天挂弯如钩。农肥可丰田，未来传少年。

辛劳没浪费，细作当然累。合力撼高山，欢愉绽笑颜。

菩萨蛮·芒种

夜逢芒种闻啼鸟，按时播种黄金宝。节气可先知，老农亦可师。

时光须趁早，期过皆成草。耕作好田园，勤劳获瑞年。

菩萨蛮·夏至

依然子夜出明月，影身不见难离却。竿照立如何，夜长情自多。

岸边行傍晚，饮品茶能侃。飘荡驶帆船，枝头鸣小蝉。

菩萨蛮·小暑

夏日炎炎农夫焦，手拿蒲扇慢慢摇。风烈雨暴急，农田处处涝。

池塘蓄满水，鱼儿顺水逃。夜深有凉意，入梦醉陶陶。

菩萨蛮·大暑

晴天暑气传八处，村姑用力勤摇橹。日烈选荫凉，衣衫尤曝光。

空调皆躲进，上下无雄劲。皓月照塘中，莲花格外红。

清平乐·立秋

虎烈炎炎，秋高明月洁。一场雨后一场凉，月夜深深露寒节。

粒粒还家仓满，酿好美酒待客。老幼喜气洋洋，尽赏丰收喜悦。

清平乐·处暑

秋风落叶，风静游原野。怎奈凉风生半夜，复始周而赏月。

邀朋品味香茶，情深友谊天涯。晚夜何须挂欠，夕阳锦上添花。

清平乐·白露

勤学碌碌，寒月风吹续。昼夜气温相差故，露浸清晨草木。

学生家长匆忙，老师辛苦经常。父母情思后辈，心中望眼飞翔。

清平乐·秋分

晚风瑟瑟，丹桂飘香色。望月思乡情又迫，五彩祥云广阔。

秋分到了时节，家人更是缘结。遥看天河灿烂，心中浪起千叠。

清平乐·寒露

枫林茂树，却是生红木。月夜清辉觉短促，大地朝秦暮楚。

香山踊跃观光，红花更有浓香。婉转笛声似水，佳音律动心房。

清平乐·霜降

晚秋淅淅，黄菊娇香色。月落乌啼霜满天，大地迎来休眠日。

冻杀繁茂沃土，热气凝结冰粒。提供充足养分，春来百花芳溢。

南乡子·立冬

骄阳锐减，万物休止草木凋。日渐冷来地冻僵，狂购飙，保暖衣物尽可销。

南乡子·小雪

初冬雨雪，母送寒衣儿泪别。望母身健晚年悦，居陋室，淡静心灵皆自得。

南乡子·大雪

岁暮归尘，漂泊游子把梦圆。潮涌迁徙史无前，乡味馋，瑞雪升平过大年。

南乡子·冬至

昼短夜长，子夜孤独难入眠。白风浩浩雪皑皑，雪笑颜，四海同春庆元年。

南乡子·小寒

数九寒天，像黎明前的黑暗。天地交融启新元，兆丰年，来年紫燕呢喃喃。

南乡子·大寒

时空各异，红梅瑞雪兆丰年。独钓寒江蓑笠翁，冬日短，一杯美酒御冬寒。

2021年12月

第七辑 缅怀纪念

缅怀相逢感深恩，诚挚友谊伴人生。

正道追寻揣壮志，别乡辞眷铸军魂。

精神永驻千秋赞，践行奉献万载存。

不忘初心跟党走，功昭日月绘乾坤。

东溪古镇（傣族故里）2021 0616

情同手足

千里归兮，携女来綦。
重见老友，柔情慰之。
倾谈叙旧，似画如诗。
情同手足，生死不离。
畅饮惜别，后会有期。
待有来日，再拜相知。

2019年5月

同 志 哥

童年趣事多，棒棒动干戈。
打闹寻常事，明天唤大哥。

1983年9月

惜 别

畅饮桂花酒，惜别阳山首。
征途经险阻，望断西江岫。

2017年12月

以茶会友

四海英朋聚，欢迎坝坝茶。
热心留佳客，叙旧话桑麻。

2018年12月

战友情怀

洗尘酒满斟，叙旧泪沾襟。
通宵话难尽，友谊似海深。

2019年10月

悼 战 友

闻噩颇伤心，星陨忽断琴。
一生留懿德，肃立望高岑。

2019年12月

送　友

青山依镇廓，黄葛绕东城。
共浇肥沃地，同促镇繁荣。
乡亲挥泪别，送君万里程。
海内存知己，天涯若比邻。

2012年8月

父母情怀

儿女父母养，日夜把心操。
冷暖知时节，精心育幼苗。
耕读传家事，唯有读书高。
盼成栋梁材，一生不辞劳。

2016年9月

同舟共济

风雨共同舟，危难显赤诚。
昔日志凌云，戍边留英名。
挥刀斩顽敌，沙场生死魂。
擒匪传捷报，报国显忠诚。

2017年12月

出 征 歌

得令倚长戈，测量南坎河。
绵雨道路滑，洪水涌凌波。
路歧千重险，壁峭野猿啼。
日暮寒风起，围坐强自支。
背靠背取暖，昂首展英姿。
毒虫侵手足，蚂蟥吸肤肌。
野菜代主食，泉水润咽喉。
战友相砥砺，抗暴不低头。
终把凯歌奏，伟绩状宏猷。

2000年3月

友　情

同窗学友情绵绵，读书琅琅心系连。
同龄同乐同情趣，互敬互勉互延年。

2012 年 5 月

豪　情

跃马执枪敢擒龙，男儿持箭胆气雄。
钢铁长城如磐石，众志成城获殊荣。

2015 年 6 月

铭　记

战友聚会年更高，夕阳红艳照容光。
部队友情依生死，青春戍边溢芬芳。

2016 年 7 月

战友重逢

戍边战友数万千，驰骋边疆为守关。
胜利卸甲归来日，聚会添乐举杯欢。

2019年5月

东溪黄葛古道 2007.1.23

东溪黄葛古道

与诸君品茶

山外青山楼外楼，綦江岸上等君游。
茶香清雅自千古，相会品茶情长留。

2019年8月

重阳节战友聚会

菊花绽放又重阳，蜡烛微光旭日长。
不惧风尘相聚乐，犹思战地站哨忙。
当年往事心中记，时下贤妻厨内藏。
耄耋尚能思创业，精神抖擞气昂扬。

2010年9月

战友聚会清镇市红枫湖

同壕战友共乘舟，清镇枫湖怡眼眸。
戎马戍边疆土捍，站岗巡哨汗珠流。
四十五载重携手，八九秩人难碰头。
兄弟深情铭肺腑，豪歌一曲信天游。

2012年9月

迎 远 客

碧罗高山三月雪，无花无果正寒节。
铓锣声声披星月，驻守游子时洒血。
苍茫群山寂飞鸟，狂风暴雨乱滚石。
宁愿天工多作美，大山低头迎远客。

2019 年 7 月

缅怀英烈

男儿立志入军营，父母送郎去戍边。
千里迢迢行路远，万言默默爱心悬。
云南烽火连年战，撩乱乡关众意牵。
白骨沙场皆可见，横尸英烈葬孤巅。
亲情手足千行泪，怨悔全无国事先。
今世迎来太平日，英雄故事传人间。

2021 年 7 月

南歌子·情深义重

路漫漫、白茫茫，兀岭千峰变无常。风雨雪、时变数，行人悲断肠。

只有人间真情在，艰难险阻惧无防，雪山^①低头迎远客，情深义重友谊长。

1971年3月

注释：

①雪山：碧罗雪山是一座青翠碧玉之山，危崖如箭，峻岭横空，四周群山蜿蜒数百里。海拔四千五百多米，终年积雪，气候变化无常。

江城子·战友相聚

情同手足聚桑麻，碧螺嘉、普洱茶。奇淡幽香，美味任横斜。战友情深邀一醉。先叙旧，话生涯。

新朋老友灿如花，饮茅台、乐潇洒。美酒飘香，丽景任升遐。九碗佳肴酬故旧。三杯酒，脸添霞。

2020年7月

四季如流太急匆，景物变化各不同。

繁花落尽展碧叶，秋色原野枫叶红。

鸿雁长鸣天际远，耕牛闲卧笑容萌。

千形万象呈华彩，寄情抒怀诗意浓。

东溪太平桥古道　　2007.5.15.

青　山

绿柳青山在，林深水碧葱。
枝头蝉叫嗓，乱蝶舞嗡嗡。

2012年5月

气　象　新

堂上初来燕，花红渐觉春。
人民迎好政，气象万千新。

2017年4月

山欢水笑

荒漠变农场，田林牧副长。
青山景如画，沃野万担粮。

2017年5月

丰　年

冬去留诗意，春来迎艳阳。
九州春色好，稻满有丰粮。

2017年6月

夕阳红

闪闪繁星亮，男儿志更高。
夕阳皆可贵，事业只争朝。

2018年12月

小院香

田野迎朝露，春来小院香。
鱼儿游碧水，稻麦满粮仓。

2019年6月

莲　花

碧水漫池塘，繁枝桃李黄。
莲花高露洁，仙景满芝廊。

2020 年 5 月

杜　鹃　红

阳夏杜鹃紫，石榴初挂枝。
林荫千鸟语，化作满园诗。

2020 年 6 月

兴　隆

薄利迎来天下客，名优品质洞中仙。
兴隆生意如春笋，日劲增长买卖欢。

2007 年 8 月

雕刻艺术

清时老庙自天成，镂空花雕远近名。
栩栩诸神如再现，人间绝技永传神。

2017年4月

旌表节孝牌坊

酒　　家

水乡三月风光好，辞去冬寒春展华。
万树千花争斗艳，游人酒饮忘归家。

2018年4月

致　富　路

大道回旋百里坡，交通便捷暖心窝。
农村特产房前卖，广进财源欢唱歌。

2018年7月

兰　　菊

菊雅兰幽遍地新，莺鸣鸟语不争春。
四时花月招人醉，流水行云任本真。

2018年8月

青山绿水

青山不老郁葱葱，绿水长流直向东。
植树培林荫后世，优良生态永歌功。

2018年9月

科技增产

科技攀登斗志昂，优良品种保丰粮。
杂交水稻助增产，种菜大棚争市场。

2018年11月

宝 藏 丰

青山座座花添锦，银岭金山宝藏丰。
地下资源煤铁富，得天独厚展雄风。

2019年2月

燕 南 飞

春回大地燕南行，寻找旧时檩筑生。
比翼双双呵幼子，传来巢里乳鸣声。

2019 年 4 月

雨　　露

万物逢春晴雨露，阳光普照大山青。
天人合一顺心意，城镇乡村气象灵。

2019 年 6 月

赶水特产

草蔸萝卜吃来香，代代传承有秘方。
质量双优蕴特色，曾经朝贡世流芳。

2019 年 7 月

凄 凉 夜

桥北溪流落寞家，孤灯照壁映窗纱。
水晶头枕衾凉夜，含泪人儿抱璞琶。

2019 年 10 月

赏 心 亭

携登高庙赏心亭，笙乐悠扬话悦情。
老幼随琴音起舞，丝弦乐韵赞升平。

2020 年 8 月

四　季

草木青青柳色新，桃花依旧笑初春。
石榴催籽秋和夏，落地残红冬季临。

2021 年 5 月

第八辑　咏物寄情

好 风 光

花草满庭争吐芳，春来遍野好风光。
人欢马叫庆丰岁，人喜耕耘民富康。

2021年6月

乡村即景

修塘筑路夺丰粮，技术兴农民富强。
养鸭培鸡成特色，林还耕退牧牛羊。

2022年2月

春 播

原野风吹绽艳花，农民今日到新家。
柴门难掩炊烟起，大小娃娃嬉笑喳。
为夺丰收勤起早，农林牧副众人夸。
秋收时节好光景，遍地黄金遍地花。

2018年3月

清平乐·春光似画

春色如画，景满蓝天下。绿水青山真无价，最爱枝头果挂。

榴树含露偷欢，麦浪翻滚田间。偶有小楼点缀，安居乐业欣欢。

2016年4月

菩萨蛮·春光艳丽

三月春光梨花白，妹哼山歌人人悦。明镜照新装，艳丽娇媚色。

草木知时节，花开引蝴蝶。红墙遥相隔，华灯辉煌碧。

2018年6月

菩萨蛮·春雷

阳春花满桃千树，惊雷一响万木春。堂前初来燕，丰年五谷登。

政善众歌舞，山河气象新。旭日祥云灿，阳光普照村。

2018年7月

卜算子·走高速

日月照深沟，凿洞群山串。驾驶何需绕高岗，万里休言远。

山货仗运输，载客民之愿。大道康庄农家福，市镇容颜换。

2019年2月

清平乐·六畜兴旺

轻风细雨，天暖阳光煦。唤醒黄莺歌盛举，四季田园飘絮。

满眼都是黄英，抒情溢彩华灯。趁早精耕肥足，六畜五谷丰登。

2019年3月

采桑子·春报佳音

红梅白雪传春讯，频报佳辰。嫣吐芳芬，窗外晨莺枝上春。

千家欢饮庆丰酒，四海同仁。叶茂山茵，瑞气祥和万户欣。

2019 年 5 月

浪淘沙·春光

花儿娇灿烂，春光无限。万亩水田铁牛串，男女欢歌秧一片，丰收在现。

暖阳沐村庄，欢快飞燕。呢喃堂前醉相恋。一年之春需实干，秋硕有盼。

2020 年 4 月

名优食品溢芬芳，味觉灵敏获饱尝。
赶水甜竹有特色，东溪腐乳浸馨香。
坐禅徒步沐朝露，挥毫写诗韵晚光。
无病是福乐逍遥，人生资本唯健康。

东溪古镇（赶场）二〇二三年七月十一日

好 品 牌

品牌来百市，迎纳四方宾。
人和吉星照，祥和日月新。

2013年2月

家 园

一

门前多月季，盆景茂幽兰。
茉莉香邻里，家家绿色园。

二

后院养家畜，鱼儿戏水潭。
自栽蔬菜果，康健寿延年。

2017年12月

保健品不是宝

生活越美好，怪病知多少。
医者误传媒，愚人被洗脑。
省钱吃保健，目的把命保。
是否遂心愿，只有天知晓。
存款全用尽，儿孙天天吵。
这是为何故，神仙猜不了。
劝君一句话，锻炼心宽宝。
药是三分毒，少吃最为好。

2014年12月

科学养生

人生顺其然，五谷杂粮根。

谁能无百病，只是自欺身。

健康自做主，何妨我独尊。

和气心宽保，元功资长精。

锻炼须静养，杂粮胜灵芝。

宣传保健道，赚钱实为真。

健品宜少吃，多药诸病生。

世无灵丹药，良医迎来春。

阎王不找你，颐年老寿星。

2019年8月

赶水甜竹

水乡竹笋世间奇，妙厨犹需手艺师。

美味招来天下客，金樽酒满赋新诗。

2001年5月

百岁童颜

夕阳暮照满天涯，美酒金樽对彩霞。
扑鼻茗香犹细品，童颜鹤寿茂丹华。

2007年9月

锻　　炼

晨曦场坝舞姿齐，宛转黄莺竟对啼。
挥剑练功群众赏，健康活动世人宜。

2008年5月

名优食品

翠瓶插簇牡丹花，腐乳弥香众客夸。
粽子尖尖朝北斗，丁山绿茗味不差。

2009年1月

无病是福

发家致富康为本，知足宽心百病无。
动静相宜强体魄，闲来趣画寿桃图。

2009年11月

健康长寿

蒙蒙夜雨五更宵，催晓鸡鸣翁媪操。
身体健康逾百岁，人间此处有仙桃。

2012年3月

讲 卫 生

马路两旁垃圾箱，卫生环保大提倡。
市容整洁吾参与，老少齐来促健康。

2012年5月

福林河永久桥桥头人家

小康人家

满园春色花如锦，乡户梁间紫燕飞。
圆梦小康今日共，入唇美酒不贪杯。

2014年5月

美　　食

常下乡村盆石坝，檐间紫燕乱啼鸣。
犹闻台灶锅声沸，美食香飘贵客迎。

2015年5月

吃水果有益

脆李黄橙仙客品，黑枸红枣果中珍。
奇香可口人人爱，老少皆宜共乐心。

2016年9月

腐 乳 香

浓郁醇芬腐乳香，食之开胃似偏方。
品鲜佐味增长寿，福体清欢享泰康。

2016年11月

老 来 福

年高福祉要知足，老幼相随登岭乐。
踏遍千山野趣留，赏心长寿远离恶。
杜鹃枝上叫声欢，耄耋高龄勇使舸。
云卷云舒常看轻，善良心态皆堪贺。

2013年4月

咏赶水草蔸萝卜

草蔸萝卜遍山坡，赶水扬名此物多。
植种经年传历史，形成产业唱高歌。
农人辛苦终回报，汗水殷勤未撂搁。
科技兴农方法好，绘出图画壮綦河。

2021年9月

寿山曲·长寿吟

一

自追寻高寿，不烟酒。早起早睡多行走，创业有成王百首。歌声舞，瓜果杂粮需进补。

勤用脑，无病就是福。宽心态，凡人举寿百零九。儿孙赞，后继传承榜样有。

二

长寿世间有，薄名酬。戒嗜欲癖节度久，知足淡泊同心首。七分饱，身体矫健常慢跑。

常保健，一日三红枣。喝绿茶，枸杞人参防衰老。适时度，益寿延年儿孙好。

1996年5月

采桑子·美食

茶与美酒迎佳客，温暖真诚。喜悦陪行，农户佳肴显热情。

客人高兴夸鲜品，豆腐传名。鱼蟹煎烹，土货山乡良土生。

2019年8月

跋

"军营从戎廿八年，砥砺成长意志坚。六十创业展宏图，綦丰农产谱新篇。"我是从旧社会走过来的穷孩子，从小听父辈讲"万般皆下品，唯有读书高"的古训，幼小的心灵便明白一个道理，一个穷人家的孩子，若要有出头之日，那就得上学念书。

新中国的诞生，给中国人民带来了新的希望和光明。我是红旗下的受益者，各种原因导致我上学读书的理想未能实现。我十五岁时就参加了工作，1955年应征入伍，这给我读书带来了新的机遇。1957年部队举办扫盲班学习，当时印发了一千五百个生字的单行本识字教材，发放到部队，掀起了读书识字的热潮。我用一天时间就认完了一千五百个生字，教员要我谈读书体会时，我写了一首《扫盲》："昨日是文盲，今日成书生。一天识千五，赛过古时人。"教员说这首诗表意准确、内容丰富，鼓励我要继续好好学习。

军营生活之余，我以读书为本，勤学积累，不断地充实自己的文化知识。1958年我写了一首《我不是书生》："我不是书生，无文受人轻。书山勤为径，苦学令人尊。"每当有空余时间，我就到部队的图书馆借读《千家诗》《唐诗三百首》《宋词》等，并手书背诵、认真领会，这使我写诗的水平有了进一步的提高。

经过一段时间的潜心学习，我对诗词格律有了初步的了解，后来我在《多练笔如神》中写道："读书明道理，挑字组诗文。笔下生佳句，老翁豪气吟。历经多少载，已算小诗人。久悟出真理，勤学笔似神。日月匆匆过，头白更认真。花发存壮志，典范启传承。"这表明了我对古体诗词的热爱与执着之追求。

我在不同的年代写过一些即兴诗，由于工作繁忙，没有注意整理、收集、保存，大部分都丢失了，现在无法回忆录存。现出版的诗词集，大部分是我七十岁以后的作品。

诗词的题材，大都来自生活的所历所感所悟，写作时注重科学性、创新性、丰富性、可读性、趣味性、启发性。内容多姿多彩，景中有情，情中有景，如诗如画，耐人寻味，具有时代特征，把一种美的、人们喜欢的作品献给大家欣赏，这就是我写诗词想要达到的目的。

写作诗词的手法，一般为借景生情，见什么就写什么，不拘形式，新旧结合，如赞美大自然、讴歌新时代、歌颂祖国、尊师敬友、缅怀先烈等。我在《讲奉献》一诗中言道："走过人生八十秋，无私奉献乃所求。一生清正丹心在，公仆楷模百世流。"这就是我的理想信念和不懈的追求。

这本《向太阳》诗词集得以顺利出版，十分感谢各位老师、同学、战友、亲人的关怀和大力支持。这本凝聚着我人生成长与奋斗的诗词集，今天终于与大家见面了，我感到非常欣慰。但由于本人对诗词的理解不够专业，在韵律、格式和用语上还不够严谨，不足之处，敬请指正。

王金安

2023 年 2 月

雄心未已　诗词溢芳

——编读《向太阳》金安诗词精选

　　王金安作为一名军人，从军二十八年；作为一个地方党员干部，从政十一载；作为一个创业的商人，经营二十余载。他从军是一首诗、从政是一首诗、经商是一首诗。无论学习、工作与生活，他都创作诗词来抒发壮志与情怀，可圈可点，可钦可敬。他的诗词精选命名为《向太阳》，颇有寓意。《向太阳》诗词精选正文前增加了彩色插页，收录了王金安个人的工作、生活、休闲、帮扶等部分照片和重庆市书法家协会主席漆钢等书法家所写的王金安诗词的书法作品，从多角度、多侧面生动形象地展现王老的精气神。全书诗词共分九辑，分别为时代放歌、山川览胜、人生履痕、旅途行吟、生活感悟、感事抒怀、缅怀纪念、咏物寄情、美食养生。在编辑过程中，诗词按四言诗、五绝、五律、五言排律、七绝、七律、七言排律及词的顺序排列。为了体现王老的诗路历程，每一种诗词体，又按写作时间的先后顺序排列。在编读过程中，深为王老的精神所折服。王老的诗词，给人最大的感觉是真实，其人生富有诗意，诗意赋予其人生意义。纵观王老诗词，大体有以下八个看点：

一、时代放歌颂盛世

　　每个时代，都有自身的特色，纵观王老诗词，以时代发展、民众安居乐业为据，多有自己的见解，更能切今，最是妙处，写出了新时代突飞猛进的发展，人民正在为圆中国梦而同心协力奋斗。

二、山川览胜凝诗意

自古以来，诗人吟咏山水的作品，都能让读者有身临其境的感受。阅读王老的作品，也是如此。王老的山水诗词，清灵见雄，圆润古雅。如《綦江夜景》："傍晚登高处，苍茫夜色中。灯光烟火景，疑似玉皇宫。"《游鸡公嘴》："公鸡昂首鸣，数里可闻声。壁下幽幽径，可将峰顶登。"又如《瀛山叠翠》："叠翠瀛山景万般，闻名远客竞相攀。银湖潋滟清泉淌，千丈悬崖连九天。"《古镇新貌》："千年古镇特独昌，水秀山清美景装。片片坡田多锦绣，层层稻谷泛馨香。青松峻岭诗情意，伟业民心志气强。小巷长街灯照亮，今朝喜看好农庄。"

行走于秀美山川，王老心中的喜悦之情无不体现于字里行间。登胜境而怀古今，也正是王老的诗心诗意之所在。

三、人生履痕展风采

人生一路走过许多坎坎坷坷，生命中每个时候都会印下步行的一脚，有深、有浅，有酸辛、有美好。每个人的路都不尽相同，即使人生不平凡，最后都得收笔，就像一幅画，留给世人评价。王老的人生如诗，有诗的意境，有起承转合，如他在从军时所写的诗，写出了军情的紧急、战斗的激烈、作战的英勇等，从而体现了王老戍边报国的信心、决心血战沙场的牺牲精神。又如《退休创业》："创业拼搏胜少年，市场寻找克艰难。辛勤奋斗夯基业，产品行销展笑颜。"写出了王老退而不休创业成功的喜悦之情与自信的力量。这是王老努力的梦想，一步踏下，永不回头。王老开创新的人生路，有许多人凝望着他，有担心、有鼓励、有嘲笑。人世间有许多路，王老择一而行，坚毅且无畏地走过，属于他的人生路上留下了美好！

四、旅途行吟觅灵感

古人云："读万卷书，行万里路。"况诗人乎？当今世界，信息发达，交通便利，行十万里路已属平常。出行东西南北，长途短途，看大好河山、民风民俗、斑斓世界等，便会广视野、悦心情、觅灵感，诗思如泉。《丁山湖畔》："丁山湖畔景观多，仙客乘船乱穿梭。荡漾碧波人欲醉，休闲玩水遍山坡。"写出了王老及游人陶醉在丁山湖风景区的欢愉之情。《古道行》："千年古镇远流长，马驮人挑盐与粮。夜雨飘零湿陡道，冬天冒汗浸衣裳。双边商铺迎来客，一路黄葛话晚凉。今日已无昔往景，交通便利运输忙。"那历史悠久的古镇，那古道上行走的马帮，那夜雨漂湿的陡道，那冬天汗湿的衣裳，那云集商铺的客商，那参天的黄葛树，那车水马龙的场景，都体现了古镇古今的风土人情，为古镇平添了几多古朴、繁荣与生气。仿佛古镇有一种无形的神力，会扯断你禁锢心灵的镣铐，让心灵回归千年前的原始、无邪、天真与纯净。王老深知人生就像一场旅途，当走累的时候，总要找一个休憩的地方，人世间的世态炎凉，名利场上的尔虞我诈，生活中的喜怒哀乐，就在寻觅的诗意的心境中来享受轻松快乐和生命中原本的质朴与精彩。

五、生活感悟酬壮志

夫天地者，万物之逆旅；光阴者，百代之过客。而浮生若梦，为欢几何？在生活、工作和学习中，王老时常会遇到不一样的人，经历不同的事，有不同的感悟，并及时用诗记录下来。《人生》："人生多坎坷，难路勇登攀。穷日怀奇志，富时休妄言。心宽静如水，义重可心安。乐对清平世，怡然福寿添。"岁月的年轮一圈一圈地刻在王老的脸上，历经的艰难困苦被岁月的时光定格，无论它是喜悦或是悲伤，一样的美妙绝伦。《不平庸而进取》："理想追求存壮志，人生奉献自欣欢。无聊低等再高寿，犹如蚊虫蚂蚁般。"拨弄岁月的琴弦，王老专注地弹奏出美丽的乐章，无论它低缓或是激昂，一样的余音绕梁。一个人活着，必须要为理想而奋斗并具有奉献精神，否则就如蝼蚁一样，这是他心灵的呐喊与自照，令人叹为观止。《立下愚公志》："八秩寿辰希寿添，仕途坎坷渡难关。人生有限业无限，阔步昂头敢在先。老来尚有少年志，欲效愚公移大山。百事可成行远道，振兴华夏上峰巅。"岁月的酒，王老耐心地酿造出它的味道，天论苦涩与醇香，一样的有滋有味。有梦想与追求与一个人的年龄无关，虽是耄耋之年的王老，雄心未已，一切的一切都欣然接纳，所有的所有都坦然释怀。他生活得更清醒，感恩这如歌岁月，心永不迷惘，用愚公的坚韧不拔，去实现人生的最高目标。

六、感事抒怀彰胸臆

感事抒怀，是诗人心灵的坦露，有感而发，或豪放、或悲壮、或欣喜、或赞美……《初夏》："初夏新来万物昌，百花犹盛乃芬芳。蛙声野外歌丰韵，果色橙黄泛异香。麦穗迎风如水浪，高粱爆籽满山岗。一年最是今天景，笑看收粮满库仓。"诗中把初夏未谢的花朵、田野的蛙声、早熟的橙子、迎风的麦穗、爆籽的高粱引入诗境，展示了广大农村环境优美，一片欣欣向荣的丰收景象。从而，抒发了诗人王老对社会主义新农村的赞美之情。又如《渔家傲·电力工人礼赞》："银线条条牵万杆，工人架电冲霄汉。河谷高山足印坎，齐奋战，人间温暖功勋览。风雨几多逢历险，跋山涉水为巡检。戴月披星常走看，真情念，万家欣慰明灯换。"词的字里行间，热情洋溢地讴歌了电力工人不辞辛劳、乐于奉献的崇高精神。

238

七、缅怀纪念见真情

一个人的成功，往往和亲戚、朋友、战友、家庭等有很大关系。要知道，没有亲戚、朋友、战友、家庭的相互支持，人生相对更艰难。好的亲戚、朋友、战友、家庭，将会给自己的事业带来巨大的帮助。从王老的笔下，我们能读到他与战友出生入死、保边卫国的诗。如《同舟共济》中写道："风雨共同舟，危难显赤诚。昔日志凌云，戍边留英名。挥刀斩顽敌，沙场生死魂。擒匪传捷报，报国显忠诚。"表现了诗人昔日在云南从军与战友一道冲锋陷阵、英勇杀敌的英勇气概与生死之交之情，是让人怀想与永远铭记的。又如《缅怀英烈》："男儿立志入军营，父母送郎去戍边。千里迢迢行路远，万言默默爱心悬。云南烽火连年战，撩乱乡关父意牵。白骨沙场皆可见，横尸英烈葬孤巅。亲情手足千行泪，怨悔全无国事先。今世迎来太平日，英雄故事传人间。"诗中父母送儿参军的叮嘱之情，怀想无数英雄血染疆场、为国捐躯才"迎来太平日"之大爱，跃然纸上，令人潸然泪下，动人心弦。

八、咏物寄情显高洁

宋朝苏东坡在《和子由渑池怀旧》诗中写道："人生到处知何似，应似飞鸿踏雪泥。泥上偶然留指爪，鸿飞那复计东西。"当我们回首往事的时候，留下的是无限感慨。作为一个诗人，我们也许最希望的，就是在写诗词的道路上，尽量留下更多的诗词。王老的诗词中，有许多是咏物寄情的，是积极的、奋发的、创新的、成功的、回报的"情"，充满了正能量。如《莲花》："碧水漫池塘，繁枝桃李黄。莲花高露洁，仙景满芝廊。"这是诗人以莲的高洁喻自己追求高尚情操的真实写照。《杜鹃红》："阳夏杜鹃紫，石榴初挂枝。林荫千鸟语，化作满园诗。"写出了夏天满山杜鹃盛开、石榴挂果的景致，"千鸟语""满园诗"生动、形象，如诗如画，美不胜收，充分体现了诗人当时的愉悦之情。《清平乐·六畜兴旺》："轻风细雨，天暖阳光煦。唤醒黄莺歌盛举，四季田园飘絮。满眼都是黄英，抒情溢彩华灯。趁早精耕肥足，六畜五谷丰登。"表现了诗人对广大农村"五谷丰登"的赞美之情。从而讴歌了新时代振兴乡村而惠民的好政策。

如果说执着追求而成功，却只为个人与家庭是小我，那么关怀民生、回报社会则是大我。一个诗人可以吟咏小我，但也不忘吟咏大我。小我见人心，大我见诗心。王老退休创业"赶水名牌惊独秀"，回报社会，参加精准扶贫，帮助十多户建卡贫困户全部脱贫奔小康的感人事迹，充分展示了王老不忘初心、回报社会、乐于奉献的高尚情操。

王老自己写的《讲奉献》一诗中言道："走过人生八十秋，无私奉献乃所求。一生清正丹心在，公仆楷模百世流。"这是他的理想信念的真实流露。

向王老致敬！绿军营，战硝烟，英勇无畏守边关，他是守护国家安宁的卫士，展现军人的丰采；退休后，创业艰，乘风破浪扬风帆，他是传承非遗的智者，彰显人生的价值；新时代，跟党走，精准扶贫勇承担，他是乐于奉献的典范，充实诗人的情怀。

罗　毅
2023 年 5 月